ファン文庫

死神ラスカは謎を解く

著　植原翠

マイナビ出版

CONTENTS

死神ラスカは
Death Rasca
謎を解く
solves he mystery.

植原翠
Sui Uehara

file. 1　死神の気まぐれ

「変な奴。汚いカラスに話しかけてる」

その声は、たしかに彼の耳にはっきりと聞こえた。どこか気だるげな、若い男の声である。公園のベンチに腰掛けていた青年は、周囲を見回す。

昼休憩中の彼は、手に持ったパンをちぎって、目の前のカラスに向かって撒（ま）いていた。自分以外に誰もいないと思ったのだが、誰か見ていたのだろうか。

しかし声は、正面から聞こえる。

「あ、やべ。つい声に出した」

周りには誰もいない。いるのは青年——霧嶋秀一（きりしましゅういち）自身と、あとは、細身のカラスだけ。

霧嶋は呆然（ぼうぜん）として、カラスのつぶらな瞳と目を合わせていた。

＊＊＊

その十数分程前。十一月初旬の白ばんだ空に、綿雲が浮かんでいる。カアカア鳴きながら飛ぶ鳥の影が、冷えた空を横切っていく。

某県警、北警察署。毎週金曜日の昼は、ここに焼きたてパンの移動販売車が来る。

「あっ、霧嶋さーん！　今日もあるよ、クリームパン！」

売り子の中年女性が声をかけるのは、この警察署の警察官、霧嶋秀一である。

北風がふわりと吹き付ける。霧嶋は風を受けた前髪をぱらぱらと乱した。

「やった。これが毎週の楽しみです」

人懐っこい笑顔に、パン屋の売り子もつられて笑う。

「クリームパンがなかった日、霧嶋さんすっごく悲しそうな顔してたんだもの。霧嶋さんのためにも絶対持っていかなきゃって気持ちになる」

「ありがとう。味わって食べますね」

さらさらの髪に甘いマスク、ほんわかとした人柄。一見モデルのような風貌のこの青年、霧嶋の所属は刑事課、強行犯係である。殺人や強盗とは無縁そうな顔をして、まさにそれらを相手にするのが彼の仕事だ。

パン屋の売り子は、パンを袋詰めしつつ、霧嶋の整った顔に目をやった。

「この頃大変でしょ。例の、連続通り魔。ああいうのを追いかけるのが、霧嶋さんの仕事だものね」

「そうなんです」

今日の霧嶋は、パン屋の売り子に心配されるほど、顔に疲れが出ていた。まだ二十八歳の若手だというのに、げっそりとやつれて肌にハリがない。

先月の中旬から、管内で通り魔事件が多発している。

最初はとある住宅街で、仕事帰りの若い女性が刺された。次は約一週間後、その住宅街からやや外れた路地裏で、中年の男性が。その次はもう少しスパンが短くなって、最初の現場から一キロ離れた小学校の裏。その後も続いて、現在五件連続している。時間は決まって、深夜零時から一時の間である。被害者同士に、接点はない。年齢も性別も共通点はない。

売り子はパンの袋を手渡しながら、眉を寄せた。

「怖いなあ。被害者って、死んじゃった人いたっけ？」

「今のところは全員、命は助かってる。でもかなり深い傷を負った人もいます」

被害者自身に共通点はないが、いずれも同じ型のナイフで、背後から襲われている。警察はこれを同一犯による連続通り魔事件として捜査していた。

「パン屋さんも、気をつけてくださいね。夜にひとりで歩かないように！」

霧嶋はこの案件を一刻も早く解決へと導くべく、休日返上で犯人を追いかけていた。次の現場と予想される場所での深夜の張り込みも続き、おかげさまで、寝不足である。

刑事課の仕事は激務だ。残業は当たり前、休日出勤も多く、何日も休んでいない者も多い。たとえ帰宅後でも、事件が起きればどこにいても呼び出しを食らう。

昼食用に買ったパンを持って、警察署の裏の噴水公園へ出向く。日々駆けずり回る霧嶋に、のんびりとした時間はほぼない。金曜日のパンを持っての外ランチは、彼にとっては貴重な癒やしの時間だった。

白い噴水とそれを囲むベンチしかない、小さな公園。遊んでいる子供はひとりもおらず、ハトやカラスしかいなかった。日当たりのいいベンチに腰掛けた霧嶋は、買ったばかりのクリームパンの封を開けた。

連続通り魔事件は、全て深夜、そして背後からの攻撃である。そのため被害者は犯人の顔を見ておらず、目撃証言もなかった。得られた数少ない手がかりが、身長一七〇センチから一八〇センチ程度、黒い上着のフードを被っていた、というだけである。どこにでもいる、いたってありふれた体格だ。言ってみれば霧嶋自身も、同じような上着を着てフードを被れば、条件を満たしてしまう。

それでも先日、被疑者が上がった。事件があったエリアに住む、二十代の男性である。任意の聴取にまで進んだその被疑者は、黒フードの男と疑う警察に反発するかのように、白いダウンを着ていた。結局その男には二件目と五件目の時間にアリバイがあり、捜査は振り出しに戻り、今に至る。

霧嶋が食べ物を持っているとわかったのだろう、足元にハトが寄ってきた。と、今度はそのハトたちが一斉に飛び立つ。彼らを追い払ったのは、三羽で下り立ってきたカラスだった。

なにやら餌を巡って争っている。一羽が咥えていた餌を落とし、それを別の二羽が横取りしにきたといったところだろう。互いに翼を広げて、ガアガア鳴いて威嚇し合っている。

霧嶋はベンチでパンを齧りつつ、カラスたちの熾烈な争いを傍観していた。

三羽のうち二羽は体格が互角なのだが、僅かな差ではあるが一羽だけ細くて小さい。

「あいつだけ不利じゃないか」と、霧嶋は口の中で呟く。

カラスたちの揉めごとは、ものの十秒足らずで片がついた。案の定、大きいカラスが二羽で餌を半分ずつ持っていき、小さいカラスだけひと口も食べられなかった。

餌を得たカラス二羽が満足げに飛んでいく。餌争いに負けたチビは、その場で呆然と下を向いていた。羽の艶も悪く、毛先がボサボサである。

野生で生きていくには、戦いに勝たなければならない。この気の毒なカラスが生き残れないのも、自然の摂理なのだ。

しかし目の前で争いを見ていた霧嶋は、負けたカラスの哀愁漂う姿に、妙な同情を抱いていた。食べていたパンを少しちぎる。カスタードクリームのついていない生地を指で摘まみ、彼はカラスに向かってひょいと放り投げた。

「あげる」

ぽと、と、パン屑が砂利の上に落ちる。カラスはパンを見て、それから霧嶋を見上げた。

霧嶋は引き続き、クリームパンを口に運ぶ。

「早くしないと、また他の鳥に奪われるぞ」

カラス相手に声をかける。これからの季節、寒さは増していく。餌はますます取れなくなっていくだろう。

カラスはしばしじっと霧嶋を見つめたあと、ぱく、とパン屑をくちばしで挟んだ。

まるで言葉が通じたみたいだ、と、霧嶋は思った。鳥は賢いとはよく聞くし、特にカラスはかなり頭がいいらしい。種類によっては、人間の幼児並みの知能を持つものもいる。このカラスも、人の言葉を理解できたのかもしれない。そこまで考えてから、「さすがにそれはないか」と思い直す。仕事で疲れ気味なせいで、考えすぎてしまった。

カラスはパン屑を咥えて上空を仰ぎ、数回ぱくぱくとくちばしを動かして、パンを喉元まで送った。飲み込んでから、黒い頭を霧嶋に向ける。

「変な奴。汚いカラスに話しかけてる」

黒い顔、黒いくちばし、黒い瞳。その鳥はたしかに霧嶋を見上げ、そう言った。

そして、冒頭に至る。

「あ、やべ。つい声に出した。聞かなかったことにしてくれ」

カラスが気まずそうに逃げようとする。とっさに霧嶋は、カラスの羽毛の背中に声をかけた。

「待って。喋ってるの、君？」

飛び立とうとしたカラスは、振り返って霧嶋に向き合った。しばらく霧嶋を見つめていたカラスだったが、再び流暢（りゅうちょう）に喋りだす。

「今更、ごまかせねえか」

間違いなく、カラスから声が出ている。カラスはくりんと首を傾げた。

「あんた、驚かねえんだな。変わってんな」

「驚いてるし、喋るカラスのほうが変わってるよ」

霧嶋はさらにぽいっと、パンの欠片(かけら)をカラスに投げる。カラスはちょんと歩いて、パンを拾った。

「誰にも言うんじゃねえぞ。人間と喋ったのがバレたら、懲罰(ちょうばつ)ものなんだよ」

「懲罰とか、カラス界にもあるんだ。カラスは賢いし、言葉を理解してるのかもって思うことはあるけど、まさか喋るとは思わなかったな」

霧嶋の足元で、カラスがパンの欠片を啄(ついば)む。

「今はたまたまこんな姿だが、俺はカラスじゃねえ。死神だ、本当は」

「へえ、死神ー」

霧嶋も、投げてばかりでなく自分もパンを齧った。カラスはパンをくちばしで喉に運び、飲み込む。

「鳥がこんな風に喋っても平常心の奴、初めて見た。あんた、そこの警察署の刑事だろ。よくここで飯食ってる」

バサバサと飛び上がり、霧嶋の座るベンチの背もたれにとまる。ふんわりした黒い羽毛は、うなじから背中にかけて、ほんのりと白っぽく鱗(うろこ)模様が浮かんでいる。

顔の真横に来たカラスを眺め、霧嶋はぽかんとしていた。

「死神かあ……」

「そうだ」

カラスが短く返事をする。霧嶋は手に持っていたクリームパンを、口に詰め込んだ。残りのふたつのパンは袋から出さず、ベンチを立ち上がる。

死神かあ、じゃないんだよ。

霧嶋は頭の中で、自分を心配した。自分ひとりしかおらず騒ぐタイミングを見失っただけで、全く平常心などではない。いくら賢いからといって、カラスが人語を喋るなんてありえない。しかも死神だとか、どういうことだ。

どうやら自分は、公園で眠ってしまったらしい。変な夢を見てしまった。……と、思うことにして、霧嶋は公園から逃げ去ろうとした。

そんな彼の背中に、カラスはベンチから声を投げる。

「もう行くのか。忙しそうだな」

夢ではないのだとしたら、疲れすぎて幻聴と幻覚の症状が出ている。と、霧嶋は思った。

カラスの投げかけはまだ続く。

「おい、あんた。なんか困ったことがあれば、『ラスカ』と呼べ。そしたらどこにいても、あんたのとこへ駆けつけてやる」

「なんで？」

霧嶋が辟易（へきえき）気味に返すと、カラスは言った。

「別に。単なる気まぐれ」

次の休みには、メンタルクリニックへ行こう。霧嶋はそう心に決めて、職場へと戻った。

＊＊＊

深夜一時。とある路地で、複数台のパトカーがパトランプを光らせている。消えかけの街灯がぽつりぽつりとあるだけのこの地区では、警察の照明は眩しいばかりの光を放っていた。

霧嶋の上司、藤谷が、ブルーシートに隠された遺体を前に手を合わせる。

「背中を刃物でひと突き、か」

建物の塀に身を寄せるようにして、二十代ほどの男が寝そべっている。うつ伏せになった彼の背中には、刃物で刺されたらしき跡があり、グレーのセーターを真っ赤に染め上げていた。

自宅マンションに帰っていた霧嶋も、殺人事件とあれば現場に出てこなくてはならない。彼は青白い顔の遺体を見て、怪訝な顔をした。

「この人……先日、通り魔事件の被疑者として、任意で来てもらった人ですよね」

被害者、鮫川亘、二十五歳。職業、雑貨メーカー『オリーブコーポレーション』営業。三日前、通り魔事件の被疑者として、署で聴取を受けている。その男が、今目の前で死んでいる。

第一発見者は、現場付近に住むフリーターである。白石昌馬と名乗った彼は、ファミレスの深夜バイトからの帰り道で、遺体を発見したという。

「俺、見たんです！　この人がここで倒れた瞬間。そんでそこから走り去っていく人がいた！」

ブルーシートのカーテンの外から、聴取を受ける彼が興奮気味に話すのが聞こえる。

「通り魔ですよ。ここのところ連続してた、通り魔！」

通り魔事件。白石の声を聞いた霧嶋と藤谷は、顔を見合わせた。藤谷が小じわの出てきた顔で唸（うな）る。

「傷跡の形状も、時間帯も、概（おおむ）ね一致。〝六件目〟か」

霧嶋ははあ、と小さくため息をついた。繰り返される通り魔事件を、また防げなかった。自分たち警察が犯人を捕まえられないせいで、ついに死人を出してしまったのだ。

「逃げていった人物の姿は覚えていますか？」

外から声が聞こえる。

「暗くてよく見えなかったけど、足元がひらひらしてた。長いスカートの女だったと思う」

「女性？　身長はどれくらいでした？」

「うーん……かなり高く見えたけど、暗かったし遠かったから、わかんねーよ」

人影が倒れたのを目撃した白石は、逃げた人物を追いかけるより、倒れた人の救護を優先した。声をかけても反応がなく、慌てて警察に通報したというのだ。

藤谷が短く髭（ひげ）の伸びた顎を触る。

「女か……。これまでの情報で身長が一七〇センチ以上と聞いて勝手に男だと仮定してた」

遺体のセーターに染みた血は、べったりと広がって背中から脇腹まで覆っている。その姿を、藤谷は気の毒そうに見ていた。

「今までとは違って、今回の被害者は死んじまったからな、仮に犯人を見てても聞けねえ。ヒントは増えずに被害者だけ増えちまったな」

死人に口なし——霧嶋は血の滲(にじ)んだセーターに目を落とした。

この仕事をしていると、死者の声を聞きたくなることが、度々ある。殺された人と犯人しか知り得ない事実を、殺された本人から聞き出せたら、どれだけよかっただろうか。

藤谷がブルーシートの向こうへと出ていく。霧嶋はシートに縁取られた夜空を見上げた。今夜は月がない。新月の暗闇の中に、掠(かす)れた星がぽつぽつと瞬いている。彼はその漆黒(しっこく)を見つめ、昼間に見たカラスを思い出した。

殺された人と犯人しか知り得ない事実を、殺された本人から聞き出せたら——たとえば〝死神〟なら、死者の声を直接聞けるものなのだろうか。

まず死神なんかいないのだから考えるだけ無駄なのだが、あの奇妙な出来事が胸に引っかかっている。

あのカラスの名乗った名は、たしか。

「——ラスカ」

なにげなく口にすると、白い吐息が暗闇の中に上って、消えた。

結局あのカラスはなんだったのだろう。うたた寝して見た夢か、疲れのせいで見た幻覚か。

　そのときだった。

「人が死んだのか？」

　突如背後から、若い男の声がした。なんとなく聞き覚えのある声だった。霧嶋はびくっとして振り向く。

　黒いコートに身を包んだ、青年が立っている。二十代前半くらいだろうか、霧嶋よりも若く見える。癖のない真っ黒な髪が、照明に照らされてきらりと濡羽色(ぬればいろ)に光る。

　周囲には警察官しかいないのに、いつの間にか、立入禁止区域の内側にこの青年が入ってきている。それも、遺体を隠したブルーシートの中にだ。霧嶋はぎょっと目を剝(む)いて、青年をシートの外へ追い出した。

「だめだよ、ここ立入禁止！　どうやって入ってきたの!?」

　周囲にいた他の警察官も、驚いた顔で振り向く。この青年が入ってきているのに、誰も気がつかなかったのだ。

　霧嶋は立入禁止テープの外へと、青年を連れ出す。

「まったくもう、こんな時間になにしてるんだ。野次馬は困るよ」

　と、目の前にいる青年を改めて見て、霧嶋は息を呑(の)んだ。

　目線の高さからして、身長は概ね一七〇センチ程度、ファー付きフードの黒いコート。

そのフードを目深に被れば、顔を隠せるような……。いや、こんな体格のこんな服装の人物なんて、ごまんといる。それに、スカートの女性ではない。

　青年がむすっとして舌打ちする。

「あんたが呼んだくせに」

　霧嶋は、え、と青年の顔を覗き込んだ。

「僕が呼んだ？」

「昼間はどうも。刑事さん」

　目つきの悪いその顔が、霧嶋を見つめ返す。霧嶋は数秒考えた。この青年とは初対面のはずだ。でも、この声にはたしかに覚えがある。公園で見た、カラス。

　そこまで思ってから、霧嶋は頭の中の妙な考えを振り払った。カラスとこの人間の青年が、同じなわけがない。

「なんだか知らないけど、とにかくこっちに来ちゃだめ。あと、深夜はなるべく外出を控えて。通り魔事件が連発してて、危険なんだから」

「通り魔……」

　青年はテープを跨いだ向こうの、ブルーシートを見つめていた。

「あの遺体、あそこで死んだんじゃない。あの場所で刺されたわけじゃねえぞ」

「えっ」

　青年の肩を押していた霧嶋は、思わず、その手を止めた。

「いや、倒れた瞬間を見てる人がいる。走って逃げていく人影も見たって……」

「別の場所で死んで、ここに連れてこられた」

青年の長い前髪の隙間から、鋭い目が霧嶋を射貫く。青年の肩に置いた、霧嶋の手に少し、力が入った。

「……君はなにか、見たの？」

この青年は、事件の現場に居合わせた新たな目撃者なのだろうか。しかし青年は、途端に視線を泳がせはじめた。

「ん。うまく説明すんの難しいんだけど……人が死んだ場所には、それなりのものが残る。それがそこにはないから……いや、もう回収済みなのかもしんねえけど、それにしては早すぎる」

要領を得ない回答に、霧嶋は頭上に疑問符を並べた。

「どういうこと？」

「なんつーか、魂というか霊魂というか、俺たちは『残留思念』と呼んでるんだが、そういうものが残ってるものなんだよ。人が死んだ場所には」

青年のそれを聞いて、霧嶋はますます、ぽかんとした。魂だとか残留思念だとか、スピリチュアルな話になってきた。霧嶋は徐々に、冷静になっていく。

「君ねえ。警察をからかいにきたの？」

「聞いてきたくせに信じねえ。だから説明したくなかったのに」

青年は眉を寄せて、肩に置かれた霧嶋の手を振り払った。

霧嶋は弾かれた手を浮かせたまま、青年を眺めていた。わけのわからない発言をしているが、だからこそ怪しい。署へ連れて行って話を聞くべきか。

すると藤谷が、彼らに駆け寄ってきた。

「おい、そこでなにをしてる！」

「チッ。面倒くせえ」

青年はさっと、霧嶋に背を向けた。

「明日じゅうには、あいつが死んだ本当の場所を見つけてやる。待ってろ」

青年が暗闇の中へ駆け出していく。霧嶋は青年を引き留めようと、彼の腕に手を伸ばした。

「ちょっと！　詳しい話を署で……」

しかし青年は風のように霧嶋の手を躱(かわ)し、身軽に飛び退いた。そして軽やかに跳ねたかと思うと、脇の建物の塀に飛び乗り、今度は屋根に移った。

霧嶋は目を瞠(みは)った。見間違いだろうか、今、青年が人間らしからぬ動きをした気がする。獣(けもの)か、鳥のようだった。

そんなはずはないから、暗くてよく見えずに錯覚を起こしただけだろう、と霧嶋は思考を切り替える。青年が溶けた闇の中を、改めて見回す。彼の姿はない。

藤谷が懐中電灯で辺りを照らした。

かった。

「見失ったのか？　なにやってんだ」

「すみません、周辺を捜します」

しかし、黒いコートの青年はとうとう見つからず、霧嶋は現場から引き上げるほかな

＊＊＊

翌日、休日出勤の霧嶋は、署で昨夜の事件の書類を再確認していた。

死亡推定時刻は、発見時のほんの数分前。背中の刺し傷はやはり、前例五件の通り魔事件で使われていた刃物と同一のものと見られる。犯行エリアと時刻も、それまでの案件と同様。

遺体の写真を見て唸る霧嶋に、藤谷が声をかける。

「霧嶋。聞き込みに行くぞ」

「藤谷係長」

霧嶋は藤谷の顔を見上げた。

「この案件って、本当に一連の通り魔事件と同じなんでしょうか」

「はあ、別件だと思うのか？　模倣犯とか？」

「可能性、ですけど。例えば、誰かが別の場所で殺して、通り魔事件に見せかけてここに

した」

「今回だけ、被害者が亡くなってます。今までは、致命傷を受けた被害者はいませんでした」

ふたりの視線が、遺体の写真に落ちる。

「たまたま運が悪く、深く刺さったんじゃねえか？」

藤谷がさらりと返す。その可能性は十分ある。と受け止めつつ、霧嶋は続けた。

「血の広がり方が不自然でした。ただ深く刺さっただけとは思えません」

鮫川の血は、背中から脇腹に向かって押し潰されたように付着していた。傷を上から押さえつけた跡だ。

「それと被害者は、こんなに寒いのに、上着を着ていませんでした」

「だいぶ酔ってたようだし、暑かったんだろ」

これまた藤谷はあっさり切り返した。たしかに被害者は直前まで酒を飲んでいたようで、遺体からかなり高いアルコール濃度が検出された。霧嶋は少し考えて、食い下がった。

「でも……そんなに浴びるほど飲むなんて、よほどのことがあったんじゃないでしょうか。僕、鮫川さんの周辺を調べたいです」

霧嶋は、夜に出会った青年の言葉が気になっていた。

『別の場所で死んで、ここに連れてこられた』

通り魔による犯行だったら、刺されたその場所で死んでいると考えるのが自然だ。しかし遺体が動かされて、あの場所に連れてこられたのだとしたら。

遺体が見つかったときには、鮫川はまだ死んで間もなかったが、死亡推定時刻は数時間単位で誤差が生じる。移動範囲によっては、動かしてあの場に遺棄することも不可能ではない。

残留思念だとかなんだとかはさておき、あんな発言をする人物が現れたのだ、きっとなにか知っているに違いない。

あの青年については、藤谷や他の刑事にも共有された。この青年を通り魔事件の重要参考人として、今日は捜査員ほぼ全員が、彼の捜索に当たっている。

青年の言葉を気にしている霧嶋に、藤谷はやれやれと肩を竦めた。

「女じゃねえとはいえ被疑者らしき人物が見つかったってのに……あいつを捜すほうに人員を割くところなんだぞ、今は」

小言を言ったのち、彼はふっと口角を吊り上げる。

「だが、セーターの血の付き方が妙なのは、俺も気になってた。お前さんのそういうひたむきな性分、面倒くせえけど嫌いじゃねえぞ。俺もそうだからな。仕方ねえな、遠回り承知で捜査に付き合ってやるよ」

「ありがとうございます」

藤谷久義は、霧嶋の上司であるとともに、よき理解者でもある。警察組織は、上司の指示が絶対であり、若手には意見する機会すら与えられない。だが藤谷は、霧嶋の考えをきちんと聞いて、面倒そうにしつつも捜査に付き合う。霧嶋は、「いい上司に恵まれた」と藤谷を見上げてにんまりした。

藤谷が両腕を組む。

「背中の傷は、外から強く押さえつけられていた。お前の言うとおり、被害者はたぶん、目撃される前から殺されてたんだ」

白石が見ているのは、その場に倒れる鮫川と、足元で裾をはためかせて走り去っていく犯人の影だけだ。傷を押さえているような光景は、見られていない。藤谷は眉を寄せた。

「でも、現場以外の別の場所から運ばれたのなら、通ってきた道に血が残ってるはず」

「それがなかったということは、血が滴り落ちて痕跡を残さないように、なにかカバーのようなもので覆ってたんでしょうか」

傷がシートで圧迫されて、血が妙な広がり方をした。そう考えてから、霧嶋は呟いた。

「つまり、被害者に対して、個人的に殺意を抱いた人間がいるんですよね」

これは、今までの通り魔とは違う。無作為な攻撃ではなく、鮫川個人を狙ったものだ。

藤谷は気だるそうに頭を掻いた。

「この事件の犯人はスカートを穿いた長身の女で、今までの通り魔事件は霧嶋が話したっていう黒コートの男が怪しい。それぞれ捜査班を分けて、別個で捜査する必要があるな」

「その黒いコートの男も不思議なんですよね。あれが通り魔だとしたら自分から警察に接触してくるでしょうか？」

「あの時間に、まさに犯行エリアに現れたんだぞ。黒いコートの男は次のターゲットを物色していて、己の犯行を利用した別の事件の現場に居合わせた」

訝る霧嶋を、藤谷は横目で一瞥した。

「お前も警察なら知ってるだろ、罪を犯す奴ってのは、自分の起こした事件が気になるんだ。だから現場に何度も戻ってくる。この件も、自分の偽者が気になって、わざわざ警察に近づいてきて様子を探ろうとしたんだ」

藤谷の言うとおり、犯罪者は現場に戻ってくる傾向がある。あの青年はいつの間にか、警察が引いた立ち入り禁止テープを乗り越えてまで、遺体の様子を見に来ていた。強い興味を示しているのは、間違いない。

「まあその黒コートの男は、他の捜査員が捜してる。俺とお前さんは、被害者の周辺を探るぞ」

「はい」

そうしてふたりは、被害者鮫川の知人のもとへ聞き込みに向かった。

＊＊＊

その昼下がり。霧嶋は署の屋上で、コーヒーを飲んでひと息ついた。

あれから霧嶋は、藤谷とともに、現場周辺に足を運んだ。第一発見者の白石は留守で話を聞けず、それから鮫川の知人に会いに行った。

まず彼の友人、市原裕典（いちはらひろのり）、二十六歳。現場から数メートル離れたアパートの、二階に住んでいる。事件があった日、最後に鮫川と接触している人物である。彼を重要参考人として、署の取調室に連れてきた。

「鮫川とは、職場の元同期で、友人です。自分は転職して今はもう勤め先が違いますが、交友は続けていました」

ぽっくりした丸顔に、穏やかな言葉遣い。気の優しげな人物である。

「鮫川は最近、仕事の失敗で凹（へこ）んでて……昨夜は鮫川を元気づけるために呼んだんです。うちに泊まって、オールで酒を飲もう、って」

市原はカタカタと震え、下を向いた。

「泊まってく予定だったのに、あいつは突然、『帰る』って、俺の部屋を出て行きました。『この頃通り魔事件が起きてて危ないから、外に出るな、泊まっていけ』って言ったのに、あいつ、全然聞かなくて」

そうして見送った友人は、二度と帰らぬ人となった。市原が頭を抱えて呻（うめ）く。

「なにやってんだ、俺は！　無理やりにでも引き止めておけば、こんなことにはならなかったのに！」

市原の話を聞いたあと、霧嶋は藤谷に言った。

「鮫川さん、宿泊の予定を急に取りやめたんですよね。それって、なにか事情があったんでしょうか」

「そうだな、仕事の失敗で落ち込んでたって話だったたし、職場から呼び出しでもあったんじゃねえか？」

「いずれにせよ、鮫川さんの勤務先への聞き込みは必須ですね」

被害者の人間関係の中の、関係性が近い人物から順に捜査するのが、この仕事の基本である。霧嶋たちは、鮫川の職場である雑貨メーカーに赴いた。

鮫川の所属する営業二課の課長、佐竹康夫（さたけやすお）は、スタッフ同士の交友関係について語った。

「鮫川はとにかく真面目な性格で、少し融通が利かないところがありましたが……退職した市原をはじめ、親しい友人はいたようですよ。しっかり者なので、頼りにされていました」

「彼を恨んでいた人物に、心当たりは？」

霧嶋が直球で尋ねる。佐竹は、難しそうな顔で天井を仰いだ。

「顧客と揉めてるときもたまにはありましたが、営業ならよくあることです。ああ、でも……いや、恨んでいると言ったら、言いすぎかもしれませんが」

彼は少し言いよどみ、声のトーンを落とした。

「鮫川の顧客の、雑貨店『コーヒーの木』の店長さん。この前、派手にクレームを入れてきました」

同社に勤める同僚らにも、話を聞く。鮫川の顧客であった雑貨店、『コーヒーの木』の店長、三好真奈は、鮫川の連絡ミスが原因で酷く激昂し、会社にまで乗り込んできてエントランスでひと騒動起こしたという。

スタッフから連絡先を聞いて、霧嶋と藤谷は、三好のもとを訪ねた。

三好真奈、四十一歳。雑貨店の店長をしている。自身の店に現れた霧嶋たちに、三好は青ざめた顔で口を押さえた。

「嘘……鮫川さんが、死んだ？」

細身の体に桃色のエプロンの、小柄な女性である。

彼女が鮫川にクレームを入れたのは、先月の中旬頃。鮫川の連絡ミスが原因で、三好が注文していた商品の入荷が遅れたことだった。おかげで店のアニバーサリーイベントに目玉商品が間に合わず、大きな損害を被った。

藤谷が定型句を口にする。

「三好さん、昨夜零時頃、どこにいらっしゃいました？」

「家で寝てましたけど……もしかして、疑われてるんですか？」

三好のほうも、テンプレートどおりの返事をした。

「あれからもう、半月も経ってるんですよ。大体、そんな理由で殺しませんよ！」

鮫川の上司は、鮫川の起こしたトラブルの責任を取らされた立場ではあるが、それが殺人の動機になるとは考えにくい。雑貨店の店長は、本人も言っているとおりトラブルから半月も経過している。なにしろ動機が弱く、殺害に走るとは思えない。

一方で、友人の市原は、昨夜、失敗した鮫川を元気づけようとして自宅へ呼び出している。三好の証言が真実だとしたら、大きなトラブルからずいぶんと間が空いている。となると、直近で別のトラブルが起きていたのだろうか。

移動用の覆面パトカーに乗り込んだ矢先、藤谷が苦い顔で言う。

「俺は雑貨屋の店長が怪しいと見てる」

「うーん……被害者との仲は悪いようでしたけど、殺すほどですか？」

霧嶋がシートベルトを片手に首を傾げる。藤谷はフロントガラスの向こうの雑貨店を見つめ、頷いた。

「傍（はた）から見れば単なる仕事のトラブルだが、本人たちの精神状態によっちゃあ、なにがきっかけで爆発するかなんてわからねえもんだぞ。多くの犯罪者が、『そんな理由で？』ってことで罪を犯す」

藤谷の横顔を、霧嶋は黙って見ていた。

「考えてもみろ。店長からすれば、努力してやっと持った自分の店の大事なイベントを台無しにされたわけだ。大切に育ててきた店は、我が子みてえなもんだろ。こっちが想像する以上に……家族が傷つけられたみたいな気持ちになったのかもしれねえ」

それを聞いて、霧嶋は少し、腹落ちした。大切にしてきたものを蔑ろにされるのは、自分自身が傷つけられる以上に、人の心を壊す。それは、自分も痛感してきた。

さて、と、藤谷は切り替えた。

「店長本人からはそうボロは出ないだろう。ふたりの関係を客観的に見てる人物に話を聞きに行くぞ」

彼に急かされ、霧嶋はハンドルを取った。

鮫川の友人、市原は、二度も訪ねてきた霧嶋たちに対しても快く捜査に協力した。自宅の玄関先で、彼は真剣な面持ちで話す。

「雑貨屋の店長ですか？　ああ、険悪でしたよ。ここんとこずっと、その人の愚痴ばかり言ってたし」

市原は手指を組み、目を瞑って考えた。

「トラブル自体は先月だったと思うけど、それをきっかけに関係が悪化して、事後処理が滞ってたみたいで。詳しくは聞いてないけど、なんか、トラブルそのもの以上に大変だった様子でした」

トラブルから時間が経過してはいるが、関係は改善されるどころか、泥沼化していたと窺える。鮫川も度々愚痴を零していたという。どうも鮫川と雑貨店の三好は、一触即発の関係だったようだ。

「俺はあいつを宥めて、話を聞いてやるくらいしかできなくて……なにもしてやれなかった。うう、ぐすっ……」

話しながら、市川はぽってりした顔を腕で覆って嗚咽を漏らしはじめた。

市原からの聞き込みを切り上げ、霧嶋と藤谷はアパートをあとにした。藤谷が次の方針を決める。鮫川の職場ももう一度行くとして、その前に、署に戻って鮫川の所持品、特に携帯の通話履歴を再確認するため、警察署に戻ることにした。鮫川の携帯からヒントが出てくれれば、犯人を追いつめる材料になる。

署に戻った霧嶋はさっそく所持品の確認に向かおうとしたが、そんな彼を、藤谷が制した。

「ストップ。逸る気持ちはわかるが、一旦ここで休憩しよう」

「休んでる暇なんかないですよ」

「バカタレ、休憩も仕事のうちだ。焦って動けば大事なものを見落とす」

藤谷はのんびりとそう言って、自販機で缶コーヒーを買った。それをひょいと、霧嶋に手渡す。

「ほい、『コーヒーの木』だけにコーヒー、ってな。俺もちょっくら煙草吸って頭ん中整理してくるから、お前もそれ飲んでぼうっとしてろ」

「あ、ありがとうございます」

霧嶋がとまどいながらも、缶コーヒーを受け取る。藤谷は満足げに口角を上げると、宣言どおり喫煙所に向かっていった。余裕たっぷりな背中を眺め、霧嶋は小さくため息をつく。捜査に前のめりになる自分を、藤谷は隣で冷静に観察している。まだまだ未熟な自分を反省するとともに、藤谷の背中に憧れを抱く。

霧嶋は袖口を伸ばして手を覆い、熱い缶コーヒーを持って屋上へ出た。

そうして、今に至る。

霧嶋は晴れた空を眺めて、缶コーヒーをひと口、口に含んだ。缶から立ち上る湯気が、冷えた空中に上っていく。遠くに鳥の影が見える。

現状、鮫川殺しの犯人像にもっとも近い人物は、雑貨屋店主の三好真奈だろう。しかしだ、と、霧嶋は下を向いた。仮に三好に、鮫川を殺害するほどの動機があったとして、三好の体格は、第一発見者の白石が見た犯人像とは一致しない。去っていく影は長身だったというが、三好は小柄だ。ハイヒールや厚底の靴で身長を調整していたとしたら、走って逃げるには向かない。それに小さくて細身の彼女では、大人の男ひとり抱えて移動するのは、まず不可能だ。

そもそも、人を殺して運ぶのに、スカートという動きにくい服装を選ぶだろうか。白石が見たものは、本当にスカートだったのか？

霧嶋はぽつんと、ひとり言を漏らした。

「あの人も、見つからないしなあ……」

事件現場に現れた、黒ずくめの青年。彼に関する情報も、今のところない。これだけ捜査員を動員して捜しているというのに、それらしい人物が全く見つからないという。捜査が進展しない。今夜にでも次の被害者が出るかもしれないのに、なにもできないのだろうか。冬の空を切るように飛ぶ鳥の影を、霧嶋はぼうっと、目で追いかけた。と、その鳥の影が、だんだん大きくなっていく。

「えっ？」

羽音が近づいてくる。鳥が真っ直ぐ、霧嶋のほうへと向かってくるではないか。霧嶋は缶コーヒーを両手で持って、あとずさりした。

「えっ、えっ!? なになに!?」

狼狽（ろうばい）する彼の頭上に、羽ばたくカラスが舞い降りてくる。そして同時に、聞き覚えのある声が降ってきた。

「見つけたぞ、残留思念」

「へっ……？」

目を白黒させる霧嶋の鼻先に、黒い羽毛が一枚、はらりと舞った。

「死んだ場所がわかった。近くのアパートの二階の、部屋の中だ」

人の言葉を話すカラス、深夜に現場に現れた青年を思わせる発言。引っかかることがたくさんあるが、今はそれらを全部差し置いて、霧嶋は踵（きびす）を返した。

カラスとは、賢い上に義理堅い鳥らしい。毎日のように餌付けをすると、餌をくれる人を覚える。そして金属片やビー玉などの自分の宝物を、お礼としてその相手に届けに来る。

霧嶋は、そんな話を思い出した。

「なんか困ったことがあれば、『ラスカ』と呼べ。そしたらどこにいても、あんたのところへ駆けつけてやる」

人の言葉を話すカラスなんて、ありえない。だけれどももしかして、あのカラスは、本当に恩返しをしてくれたのか。

廊下を走って喫煙所の藤谷のもとへと駆け込む。

「藤谷係長！　市原さんのところ、行きましょう！」

「今からもう一度か？」

煙草を咥えた藤谷が、怪訝な顔をする。霧嶋は構わずに頷いた。


霧嶋の急な提案にも、藤谷はやはりやれやれ顔で応じた。現場付近のアパートへと到着したふたりは、二階の居室——その中の、市原の部屋のインターホンを鳴らした。在宅中だった市原が、扉を開ける。

「お話しすることはさっき、申し上げたとおりですけど……」

そう言った市原の背後、居室の中は、段ボール箱だらけだった。箱にプリントされた引越し業者のロゴを見て、藤谷が問う。

「お引越しですか？」

「はい。鮫川が……大切な友人が亡くなった場所がすぐそこなので、ここで暮らすの、きついんです」

市原がくたびれた顔ではにかむ。ふいに、半開きの段ボール箱が、霧嶋の目に留まった。

引越し準備で、衣類を箱詰めしていた途中だったのだろう。折りたたまれた衣服が、箱の横に積まれている。その中の一着に、霧嶋は反応した。

「あの、白いダウン……」

彼がそう、口にしたときだった。人のよさそうな表情を浮かべていた市原が、すっと、無表情になった。ほんの一瞬の氷のような面持ちに、霧嶋も藤谷も、ぞくっと鳥肌が立つ。

白いダウンコート。それは通り魔事件の被疑者になった鮫川が、聴取に応じた日に着ていたものに、そっくりだった。その白い表面には、遠めに見てもわかるほど鮮明に、赤い飛沫が浮かんでいる。

藤谷が市原の蒼白な顔に問いかける。

「市原さん。少々お伺いしたいのですが、署までご同行願えますか？」

＊＊＊

〝いい人〟でいようとすると、時折、人を殺したくなる衝動に駆られた。と、市原は語った。

血のついたダウンを見られ、限界を悟った彼は、聴取で全てを暴露した。

穏やかで人当たりのいい人物でいれば、誰からも好かれる。少し間が抜けていたほうが、ちょうどいい愛嬌になる。しかし、舐められる。自分を下に見ている人間に苛立ちを覚えるも、人間関係を壊したくない彼は感情を抑圧してきた。

そんなある日、かつての同僚の鮫川が、始末書もののミスをした。鮫川は堅物で実直で、願望を封じ込めやすい——市原とは、どこか似ているところがあった。

そうして市原は、鮫川にある提案を持ちかけた。

「憂さ晴らしをしないか」と。

押さえつけた劣等感は、無関係の他人に向ける。

そうすれば、自分の周りの人間関係を壊さず、自尊心を保てる。

背格好が似ていたふたりは、一本のナイフと一着のコートを共有した。深夜にひとりで歩いている人を見つけては、背後から切りつけ、顔を見られる前に逃走する。ふたりならアリバイ工作もできる。

昼間はお人好しと真面目で通っている自分たちが、世間を恐怖に陥れた。警察も手を焼いている。この興奮は、癖になった。

しかし彼らの非日常は、そう長くは続かなかった。

市原の自宅を訪ねてきた鮫川が、酒を飲みながら、ぽつりと切り出した。

「これ以上はやめよう。自首しよう、市原」

数日前、鮫川は警察に任意で呼ばれた。市原の犯行でアリバイがあった彼は、解放された。しかし素の性格が臆病だった鮫川は、犯行を続ける自信を失った。だが、応じられる市原ではない。

「ふざけるな。お前が警察に目をつけられたのに、なんで俺まで巻き込まれるんだよ」

「じゃあ俺だけでも自首する」

鮫川の覚悟も、揺らがなかった。市原はため息をつき、座卓に並んだ酒を飲む。

「そうか。勝手にしろ」

「うん。……じゃあな」

鮫川は立ち上がり、市原に背を向けた。帰ろうとして、白いダウンを羽織ろうと、手を伸ばしたとき。

市原は、彼の丸まった背中にナイフを突き立てた。

「鮫川が警察に行ったら、おのずと、俺までバレる」

取り調べの間、市原はやはり人のよさそうな顔をして、穏やかな声で話した。

「死体をアパートの外へ運ぶのは、重たくて大変でした。でも幸い、遅い時間だったから、誰にも見つからずに済みました」

血の跡を残さないように死体をシートで包んで、居室から運び出す。一連の通り魔事件の被害者のひとりなら、この辺りで死んでいても不自然ではないと考えた。重たい死体を遠くまで運ぶより、近くに捨てて早めに立ち去るにかぎる。運んでいる途中、向かいからやってくる人影――白石に気づき、とっさにシートを剥いで遺体を放り、自宅へ引き返した。足元で翻るシートは、シルエットだけならスカートに見えただろう。

部屋に戻った市原は、すぐさま掃除をした。血を拭い、凶器は川に捨て、万が一家宅捜索が入っても逃れられるよう、できる限り証拠を隠滅したのだ。

友人を失った、気の毒な第三者を演じれば、自分には通り魔の疑いの目を向けられずに済む。きっとそうだと祈りつつも、この地を逃げ出す準備を始めた。

ひとつ失敗したのが、鮫川のダウンが部屋に残ったままだったことだ。刺したときに飛んだ血が、白い生地にくっきり染み付いている。警察に渡ってしまえば言い逃れはできない。かといって下手に捨てても、ゴミから足がつくといけない。市原は、このダウンを引越しの荷物の中に紛れ込ませて、転居先で捨てるつもりだった――。

それから数日後の、夕方五時。霧嶋とともに屋上で休憩していた藤谷は、煙草(たばこ)の煙を吐きつつ言った。

「まさか通り魔がふたり組だったとはなあ」

裏付け立証、検事のもとの追加捜査も一段落し、この通り魔事件、そして鮫川亘殺害事件は、幕を閉じた。藤谷が虚空を仰ぐ。

「失敗した友人を元気づけるために、なんて嘘をついたのも、〝いい人〟でありたいアピールだったのかもな」

「そういう人って、案外少なくないかもしれないですね」

霧嶋は、半ば同情したような口調で言った。藤谷も煙草を指で挟んで、同意する。

「円滑な人間関係を保つために、多少自分を偽るという気持ちは、わからなくはねえなあ」

市原や鮫川が本音を吐き出せる場所があったら、こんな凄惨な事件にならずに済んだのかもしれない。

事件は幕引きを迎えたが、謎はまだひとつ残っている。殺害現場に現れた、あの黒ずくめの青年だ。市原の口からも、彼についてはひと言も語られない。結局あの人はなんだったのか、わからずじまいのままなのだ。

薄暗くなってきた空を、黒い鳥の影が通り過ぎる。藤谷は煙草を灰皿に押し付けた。

「さて、もうひと仕事！　書類片付けて、今日はさっさと上がるぞ」

「はい！」

建物の中へと戻っていく藤谷を、霧嶋が追いかける。藤谷が先に扉の向こうへ消えると、霧嶋の背後から、声がした。

「ご苦労さん」

「わっ」

声を上げて振り向くと、柵にカラスがとまっている。話しかけてきた声も、何度か聞いたものと同じである。

「これで、パンの借りは返したってことでいいか」

「えっと……」

北風が吹く。カラスの黒い羽毛が僅かに揺れて、霧嶋のスーツの裾が翻る。霧嶋は、とまどい半分に声を出した。

「カラスさん」

「ラスカ」

「ラスカ、さん」

距離を保ったまま、お互い目線は外さずに続ける。

「鮫川さんが殺された場所、どうしてわかったの？」

「前にも言ったと思うが、残留思念だ。あの辺は建物が多いし、カーテンが閉まってると中が見えないから、捜すの大変だったんだぞ」

「残留思念……」

現場に現れたあの青年も、口にしていた言葉だ。

霧嶋はしばしカラスを見つめて考えたあと、観念して言った。

「どういう意味か全然わからない。詳しく教えてくれる？」

「説明したって信じねえからやだ。パンの礼は済んだだろ、もうこれで終わりだ」

「いやいや、君はすっきりしたかもしれないけど、僕はまだなにも理解できてないよ。そもそも喋るカラス自体、わけわかんないし」

気になるものは調べたい。ある種、刑事の性分かもしれない。霧嶋はこんな奇妙なものを前にして、このままおしまいだなんて納得できなかった。

「そうだカラスさん。今夜、うちに来てくれる？　この前のパンの欠片よりもっとたくさん、ご馳走するよ」

「なんだって？」

カラスがぱあと尾羽を広げた。霧嶋はにこにこ笑って頷く。

「このあとなんの通報もなければ、八時過ぎには帰れるはず。大通りにある茶色いマンション、二階のいちばん東」

霧嶋がそう伝えると、カラスはやや前のめりになった。

「しょうがねえな。美味いもん用意しとけよ」

カラスが柵から飛び立つ。霧嶋は喋るカラスと、それ相手に自然に会話してしまった自分の両方に困惑しつつ、仕事に戻った。

＊＊＊

その夜、予定より少し早めに上がれた霧嶋は、帰りにフルーツをいくつか買った。外で暮らすカラスが、普段あまり食べられないであろう餌を用意してみる。

自分の食事は、コンビニで買ったものを署で摘まんで軽く済ませた。それから帰って、休みの日に作り置きしたものを追加で食べるのが、霧嶋の日課だ。今日のメニューは白菜と豚こまの煮物である。

霧嶋の数少ない趣味のひとつが、料理である。仕事で帰れずなかなかのんびり過ごせない彼だが、たまの休日には、趣味と実益を兼ねて、作り置きおかずを量産しているのだ。とはいえ泊まりが続くと、作り置きを食べられずに捨てなければいけないこともある。

「……一緒にいた頃は、捨てなきゃならなくなる前に、食べてもらえたからなあ」

ぽつりとひとり言を漏らし、ため息をつく。

マンションの居室には、リビングとダイニングキッチンの他、広めの寝室がある。テレビを置いたリビングには、シックなアイボリーのソファベッドがあった。そこに置かれた丸いクッションはかわいらしいチェック柄で、脇の窓際には、陶器の鳥の置物が佇む。ダイニングテーブルには、椅子がふたつ。

約束の時間、霧嶋は寝室のバルコニーへと出た。今夜の来客は鳥だ、来るならここから入ってくるだろう。

冬が近づく季節の、冷たい風が吹き付けてくる。細い月の浮かぶ空には、鳥の影はない。霧嶋は、虚空に向かって呟いた。

「カラスさん、場所わかったかな……」

『残留思念』。あのカラスの口から聞いた言葉が気になって、霧嶋は先日、インターネットで検索した。人の強い想いや感情が、その場所に留まる、という概念らしい。

あのカラス、ラスカには、それが見えるというのだろうか。

ふいにピンポンと、インターホンの音がした。霧嶋は背筋を伸ばし、バルコニーからリビングへ戻る。そしてインターホンのモニターを見て、目を丸くした。

「この人……」

黒い前髪の隙間から覗く、鋭い目つき。愛想のない無表情。ファー付きフードの、黒いコート。

遺体が放置された現場に現れた、あの青年だ。捜しても見つからなかった彼が、なぜ今、ここに。

霧嶋は息を整えて、呼び鈴に応答する。

「……はい」

「ん。呼ばれたから来た。開けろ」

画面の向こうの青年が、淡々と言った。理解が追いつかない。しかしこのまま放置もできない。霧嶋はもう一度呼吸を整えてから、慎重に玄関へ向かった。

そっと扉を開けると、部屋の内側から漏れた光が、青年の顔を照らした。

「美味いもん食わせてくれんだろ。あ、なんかすでにいい匂いがする」

そう言うと、青年は霧嶋の脇を抜けてずかずかと玄関へ入ってきた。霧嶋は目を剥いて、彼を振り返る。

「ちょっとちょっと！　どちら様⁉」

「どちら様って、あんた」

靴を脱ぐ青年が、呆れ顔を霧嶋に向けた。

「あんたが飯に呼んだんだろ？」

数秒間、霧嶋は口を半開きにして、青年の無愛想な表情を見ていた。

「……カラスさん？」

「ラスカ」

声も、話している内容も、たしかに一致する。だからといって、あの喋るカラスが人間になってやってきただなんて、考えられない。呆然とする霧嶋を尻目に、青年――ラスカは、部屋へと上がっていった。

「腹減った」

勝手に奥へと進んでいく彼を、霧嶋も追いかける。

「確認だけど、君はあのカラスさんで、人間にも変身できるの？」

「こっちが本当の姿。ちょっとわけあって、日中の十二時間は仮の姿、カラスになっちまうんだ」

「それじゃあ本体……というか、君自身は、人間なんだね？」

ひとつも理解できないながら、ラスカの話に合わせる。ラスカはちらりと、霧嶋に目をやった。

「人間じゃなくて、死神」

それからラスカは、ダイニングテーブルに並んだ煮物を見て、目を輝かせた。

「お、美味そうじゃん。これあんたが作ったのか」

「うん、そう」

答えながら、霧嶋は、「これが本当の姿なら、フルーツはデザートだな」と考えていた。

二人前の用意が必要になり、霧嶋は急遽（きゅうきょ）、料理の品数を増やした。野菜炒めと甘酢の肉団子、ついでに煮玉子も出しておく。ラスカは頬を紅潮させて、並んだ料理を眺めていた。

ふたりが椅子につき、遅い夕食が始まる。ラスカの黒いモッズコートが、椅子の背もたれにかかっている。

ラスカがとろとろに煮込んだ白菜と豚こまを上手に絡め、口に運ぶ。大きく開けた口からは、尖（とが）った犬歯が覗いた。ラスカは熱そうに、はふ、と息を吐いて、噛（か）みしめるように目を瞠（みは）る。

「うま……なんだこれ」

「野菜と肉を出汁（だし）で煮込んだだけだよ。強いて言えば、素材が良いのかな」

霧嶋はラスカを正面から眺めていた。

「ミストフーズって会社、知ってる？」

「知ってる。最大手の食品メーカーだろ」

「うん。そこが僕の実家でね。質の良い食材をしょっちゅう送ってくれるんだよ。おかげで食料には困らないんだよね」

あっさりと話す霧嶋を、ラスカは二度見した。ミストフーズといえば、この国で生活していれば商品を見ない日はない、知らない人はいないといっていいほどの大企業である。

「あんた……御曹司……!?」

「会社は兄が継ぐから僕は関係ないんだけどねー。おいしいものを分けてもらえて、好きな仕事もできる、役得の次男だよ」

軽やかに返して、霧嶋は改めて切り出した。

「それで、君は結局、何者なの？　死神っていうけど、鳥になったり人になったり、なんなの」

「どうせ言っても信じねえんだろうけど、話せば満足するなら教えてやる」

ラスカは投げやりに応じた。

「まず、カラスと人間で体が二種類あんのは、ちょっと死神的にルール違反して、その懲罰」

決まり悪そうに、彼は眉間に小さく皺を寄せる。

「朝六時からはカラスの姿にされて、夕方の六時からもとの姿に戻れる」

「そっかあ」

霧嶋は相槌を打って、煮物を口に含んだ。

「ルール違反って、なにしちゃったんだ?」

「そういうことは、ずけずけ聞くもんじゃねえだろ」

「ごめん」

受け止めて返事をしてはみたが、意味は全然わからない。死神とか、懲罰でカラスにされたとか、十二時間ごとに切り替わるとか、なにひとつ理解できない。

しかしそんな霧嶋を置いてけぼりにして、ラスカはマイペースに話した。

「刑期を終えるには、死神の仕事をこなしてポイントを稼がないといけない。この不便な体で、今まで以上の働きを求められる。マジでクソだ」

とうてい信じられない話ではあるが、これが事実であれば諸々の辻褄が合う。

昼にパンを投げたカラスが、同日の夜に青年になって会いに来て、翌日の日の高い時間にカラスが青年の言い残した言葉を回収する。朝六時以降はカラスの外見になっているというのなら、警察官がどれだけ捜しても、青年は見つからないわけである。

「死神ねえ」

霧嶋は箸を口の前で止めて、ラスカを観察した。そこにいる青年は、翼があるわけでも、鎌を持っているわけでもない。くしゃっとした黒髪に、威嚇するような目つき、獣のような牙。悪人面ではあるが、死神といってイメージするような風貌ではない。服装だって、黒いコートに黒いシャツ、黒っぽいパンツという黒ずくめなだけで、どこにでもいるカジュアルルックである。

霧嶋は煮物をひと口分取り、湯気(ゆげ)の上る白米に載せた。

「死神なんてものが僕のもとにやってきたってことは、僕は近々死ぬの？」

「なわけねえだろ。俺は単に、あんたに食べ物を貰ったから機嫌がよくて、あんたの手助けをする気になった。その約束があったから、あんたは俺の名前を呼ぶだけで俺を召喚(しょうかん)できた」

霧嶋は、現場でなにげなくラスカの名前を口にしたのを思い出した。どういう力が働いているのか彼には想像もできなかったが、ああして名前を呼ぶだけで、ラスカは霧嶋のもとへと呼び出されたのだ。

「で、今も食べ物で呼ばれたから来てやった。そんだけの関係だ」

ラスカの箸が、野菜炒めに向かう。

「人間は、死神が人の命を奪ってると勘違いしてるけど、そんな物騒なことしねえわ。俺たち死神は、死んだ人間の残留思念を、あの世へ送ってるだけ」

「残留思念……」

また、この言葉が出てきた。ラスカは野菜炒めのキャベツとニンジンを口に入れると、もぐもぐと咀嚼(そしゃく)した。甘辛いタレの味が気に入ったのか、もう一度、同じ大皿に箸を伸ばす。

「俗に言う〝魂〟みたいなものだ。機能が止まった体から切り離されて、死んだ場所に置き去りにされるもの」

ラスカの箸の先が、タレの絡んだ野菜をごっそり摑んだ。

「死んだことに気づいてなくて、ぼけっとしてる奴もいるんだけどさ。たいていの場合は、死ぬ直前の強くて大きい感情を具現化したような形で、その場に残ってる。だから俺たち死神は、便宜上『残留思念』と呼んでる」

霧嶋は、頭の中で漠然とイメージを膨らませた。自分の死を悟ったとき、なにを思うのだろう。恐怖や体の痛みだけでなく、自分の人生を振り返って、満足したり後悔したりするのだろうか。最期に会いたかった人の顔を、思い浮かべたりするのだろうか。

「その残留思念が場に留まってると、悪いものの餌になったりとか、それそのものが悪いものになったりする。だから死神はそれを早めに回収して、あの世に案内する。そんだけ。死神が人を死なせてるわけじゃねえ」

ラスカは牙を覗かせて大きく口を開き、野菜炒めを頰張った。

「まあ、死にそうな奴に目星つけて、くっついて待ってる死神もいるから、誤解されんのも無理はない」

もぐもぐと咀嚼する表情は、露骨でこそないが、嬉しそうなのが溢れ出している。霧嶋は彼の食べっぷりに圧倒されつつ、不可思議な話に耳を傾けていた。

「残留思念って、どんな風に見えるの？」

「死んだ人間そのものの容姿をしてるな。服装とかも、死んだときの格好してる」

自分にも馴染みのある表現で言うと、幽霊みたいな感じだろうか、と霧嶋は想像した。

そんなものがいるとは考えられないが、事実、ラスカが告げたとおり、鮫川が殺害された場所は市原の居室だった。

霧嶋はラスカに、期待を込めて尋ねる。

「じゃあ……その残留思念に、『あなたを殺したのは誰？』って聞いたら、犯人が一発でわかる？」

殺された人と犯人しか知り得ない事実を、殺された本人から聞き出せたら。最短距離で、事件が解決する。

しかしラスカは、頬の野菜炒めを飲み込んで、あっさり言った。

「残留思念は死ぬ直前の思念だぞ。そのときの感情のまま固まってるだけで、喋るわけでも意思表示できるわけでもない。そこから歩くことすらできないんだぞ」

「そうなんだ……」

死者本人から話を聞くなんて、やはり不可能だったようだ。霧嶋はうなだれて、肉団子を口に運んだ。絡めた甘酢からは、切れのある風味と優しい甘さが混ざった味がする。ミンチの中に細かく刻んだ野菜が入っているおかげで、食感がコリコリしている。ラスカも、同じ肉団子に箸を進めた。

「喋ったりはしねえけど、死んだときの気持ちを具現化したみたいなやつだから、表情はある。アパートに残ってたあいつは、驚いた顔してた。それも、『へ？』みたいな顔」

肉団子を口に放り込み、目を伏せる。

「刺されるとは思わなかったんだろうな。自分は散々、人を刺してたのに」

「亡くなった人をそういう言い方しないの。たしかに、犯罪者ではあるけどさ」

霧嶋はラスカを窘めてから、改めて彼の目を見た。

「君だって懲罰を受けてる立場でしょうが」

「うっせーな。人間の分際で」

言い返せないラスカは、悪態をついた。霧嶋は煮玉子に箸を動かす。

「でもいいね、カラスになれるって。不便かもしれないけど便利でもあるでしょ」

アパートの中の残留思念を見つけられたのだって、ラスカがカラスの姿になれたからだ。高いところから街を俯瞰し、窓から建物の中を覗く。人間にはできない芸当である。

「いいなあ。僕も空を飛んでみたいな」

霧嶋がほんわかと目を細めると、ラスカは箸を止めた。

「ゴミ、食いてえか？」

「ごめん……深く考えずに羨ましがった」

「俺からすれば、実家が金持ちで食い物に困らないあんたのほうが、よっぽど恵まれてる」

ラスカは不服そうに眉を寄せつつ、煮玉子を半分に割った。

「あいにく、カラスはそんな楽しいもんじゃねえ。特にこの辺りのカラスは気が強いのが多くて、すぐ喧嘩になる」

割れた玉子から、夕日色の黄身がとろりと溢れ出す。照明を浴びたそれは、きらきらと輝いた。

霧嶋はラスカの仕草を眺めながら、初めて会った日を思い出した。あの日彼はまさに、大きめのカラスと争って負けていた。この青年イコールカラスというのはまだ信じられないけれど、妙な信憑性を感じる。

「なんか大変そうだね。ごはん、ちゃんと食べられてる?」

「なんとかなる。人間の体のうちに、カラスでも食べられるものを集めておけばいいから」

「そっか。人間の姿をしていれば、買い物できるんだね」

「懲罰対象だから、裕福じゃないけど」

ラスカのような青年が人の中に紛れていても、誰も死神だとは思わない。彼らはそうやって人々の営みに紛れ、残留思念を見つけて、運び出している。

よく食べるラスカを見つめ、霧嶋は考えた。昼は食べ物を横取りされ、人間になれる夜には買い物に入れる店は限られている。栄養が偏りそうである。

いつの間にか、皿がからになった。ラスカというこの青年はやはり謎に包まれているけれど、この気持ちのいい食べっぷりは、作った霧嶋としては気分がいい。

切ったフルーツをテーブルに出すと、ラスカは一層目を輝かせ、食いついた。霧嶋はテーブルに頬杖をついて、ラスカを見ていた。

「君、明日からも僕が名前を呼んだら、来てくれるの?」

「なんでだよ。人間と馴れ合う気なんかねえよ」

ラスカはリンゴを齧り、そのリンゴに目をやった。

「もしかして、こうやって食べ物を与えて手懐けたつもりか？」

「それは違うよ、これは僕がしたくてしたこと。貸しにするつもりはない。今夜はただ、君と話してみたかっただけ」

霧嶋も、リンゴに楊枝を刺した。ラスカはリンゴを口の前で止めて、心底不思議そうな顔をする。

「ほんと、変な奴。喋るカラスと普通に会話するし、飯に呼ぶし」

「単に世話好きなだけだよ」

それから霧嶋は、少し前屈みになった。

「ねえラスカ。食べ終わったら、一緒に警察署に行こう」

ここにいる青年は、鮫川の死体のもとへ現れ、そして市原の部屋が殺害現場であると見抜いた。死神だとか、カラスになるだとか、霧嶋にはもちろんそんな話を信じるつもりはない。この青年は、事件に関わっていた可能性がある。ひとまず彼から話を引き出してみたが、おかしな発言ばかりでますます謎が深まっていく。彼をこのまま野放しにはできない。

しかし霧嶋からその提案が出た途端、食べ物に絆されていたラスカの目が、すっと警戒の目に変わった。

「どうせ信じねえとは思ってた。そういう面倒くせえこと言いだすのも、想定の範囲内だ」

ラスカは持っていたリンゴを口に突っ込むと、椅子から立ち上がった。引っかけていたコートを羽織り、去ろうとする。彼を追いかけ、霧嶋も腰を上げる。

「君がどうして市原さんが犯人だとわかったのか、真実を知りたいだけなんだ」

「残留思念を手がかりにしたっつってんだろ。それ以上、答えようがない」

ラスカはすたすたと、玄関へと向かおうとする。霧嶋は先回りして扉を押さえ、ラスカを室内に閉じ込めた。

「真実を話してくれないと、僕も君を放っておいてあげられない」

霧嶋の真剣な目がラスカを射貫き、ラスカのうっとうしげな目がそれを見つめ返す。

数秒の沈黙ののち、ラスカはくるっと霧嶋に背を向け、ダイニングを通り抜けてリビングに入った。

そして、窓を開ける。

「あっ」

霧嶋がぎょっとするのを尻目に、ラスカは窓の桟に足を乗せた。冬の風が室内に吹き込み、ラスカのコートの裾をふわりと持ち上げる。

「ごちそうさん」

それだけ言うと、ラスカは軽やかに、窓の向こうへと身を投げ出した。霧嶋は窓へと飛びつき、叫ぶ。

「ちょっと、ここ二階！」

しかしラスカは落下するどころか、より高く跳んで隣の屋根に移り、そこから電線へ跳んだ。

見ていた霧嶋は、間抜けな声を出す。

「へ……」

窓から屋根へ、屋根から電線へ、三メートル以上はあるだろう距離をひとっ飛びで越えていく。人間の動きではない。

風が霧嶋の前髪を揺らす。青年の姿は、もうとっくに夜の闇に消えている。

空気を孕んで広がる、濡羽色のコートの裾は、まるで翼を広げたカラスのようだった。

file. 2 死神の取引

警察への行方不明者の届け出は、年間約八万件にのぼる。

その日、北警察署の窓口に、新たな捜索願が提出されていた。

「一昨日から、彼が帰ってこないんです。お願いします、捜してください……」

窓口で涙を零す女性――秋山梨香子は、届け出を差し出して訴えた。

行方不明になったのは、梨香子の夫、秋山和也、三十五歳。自動車ディーラーに勤務する、メカニックである。二日前の夜に職場から退勤したのを最後に、行方を晦ませているという。

刑事課の捜査会議、藤谷はホワイトボードに掲示した秋山の写真の前で、部下たちに指示を出した。

「高瀬と佐々木は本人の交友関係を当たれ。小瀧と田辺は梨香子さんのほうを調べろ」

「はい」

指示を受けた刑事らが、キレのよい返事をする。

霧嶋は、ホワイトボードに張り出された明るい笑顔の茶髪の男の顔を見ていた。

捜索願が出たところで、警察が捜索に乗り出すことはほとんどない、というのが実情である。ただし、事件性がある場合は別だ。

藤谷が眉を顰める。

「秋山さんのもとには、数年前から差出人不明の嫌がらせの手紙が届いていた。中には殺害を仄めかす内容もある」

それから藤谷は、秋山の写真の横に並べて貼られた、ロングヘアの美人な女性に目をやった。

「今回の失踪事件は、奥さんのストーカーによる攻撃の可能性が高い」

妻、梨香子は、五年前までモデルとして活動していた。引退のきっかけは、ファンだった秋山との交際発覚、そしてそこからの結婚発表である。梨香子の過激なファンの一部には、秋山を特定し、執拗な嫌がらせを繰り返す者がいた。

嫌がらせの中には、殺害予告もあった。事件は脅迫罪として捜査されつつ、秋山の生命が危ぶまれる事態と見て、警察全体が動いている。

霧嶋は捜査員として動員され、捜査に当たっていた。今回の案件は本人たちの交友関係の他、梨香子の芸能界での関係者、ネット上にいるファンなど注目する点はいくつもある。

藤谷の顔が、霧嶋に向く。

「俺と霧嶋は、秋山さんの勤め先のディーラーへ向かうぞ」

「はい！」

秋山が最後に目撃されている、彼の職場。その自動車ディーラーへと、ふたりは聞き込みに出かけた。

真冬の空に、鳥の影が旋回している。秋山の職場へ向かう覆面パトカーの助手席で、藤谷が冗談めかした口調で真顔のまま言う。

「ツキトジモータース。業界最大手メーカー……の、正規ディーラーだな。やっぱ車関係勤めは、いい車乗ってんのかな」

ツキトジモータースを抱える自動車メーカー、ツキトジ自動車は、世界屈指のハイレベルな技術を持つ大企業である。

「すげえんだぞ、ツキトジ自動車の最新技術は。世界単位で見ても、トップランナーだ」

藤谷は楽しげに語りつつも、やはりその表情は真剣だった。

「で、嫁さんは元モデルか。羨ましい限りなのになあ。秋山さん、生きて見つかればいいんだけど」

妻のストーカーによる誘拐、或いは殺害。または嫌がらせに心を病み、思い詰めた秋山が自殺を企てた。いずれにせよ警察は、最悪の事態となる前に止めなくてはならない。

移動中、霧嶋はハンドルを握りながら、昨夜の出来事を思い出していた。

窓からいなくなったあの青年は、そのまま戻ってはこなかった。全部夢だったのではないかとすら思えてきたが、ふたり分の食器も、玄関に残った靴も、彼がいた事実を物語っていた。

たしかに目の前で起きた現象なのだが、霧嶋はまだ信じ切れていない。

ひとまず今は仕事に集中するべく、一連の出来事は全て〝疲れて見ていた夢〟と思い込むことにした。喋るカラスなど見ていないし、殺人事件は警察自身の力で解決した。夜に現れた青年も、そんなものはいなかった。この先もう会う機会もないだろう。早く忘れてしまったほうがいい。

やがて霧嶋と藤谷は、大通り沿いにある自動車ディーラーへと辿り着いた。ツキトジモータース北店、行方不明者秋山の、勤務先である。秋山はこの店で、車の点検、修理などを行うサービスのメカニックをしている。

敷地内に入り、奥の駐車場に車を停める。さっそく、つなぎ姿のメカニックが明朗に挨拶をした。

「いらっしゃいませー！」

胸につけた名札には、『里中（さとなか）』の文字が刻まれていた。霧嶋と藤谷は彼に向かって会釈し、藤谷は警察手帳を掲げた。

「お忙しいところすまんね。ちょっとお話を伺いたいのですが」

警察手帳を見たメカニック、里中は、人懐っこい笑顔を引っ込め、神妙な顔つきになった。

彼に案内されて、霧嶋と藤谷は店舗内の事務所へ通された。店長の岩浪肇（いわなみはじめ）は、訪ねてきた刑事ふたりに、里中同様険しい顔をした。

「刑事さん？　もしかして、秋山の件ですか」

白髪交じりの、五十代ほどの男性である。書類まみれのデスクについていた彼は、終始疲れた顔をしていた。

「私も困ってるんですよ。突然、退職願を手渡してきて、それっきり連絡がつかないんですから」

「退職願を？」

霧嶋は聞き返した。仕事を辞めていたという情報は、初めて聞いたのだ。岩浪店長はため息をつき、机の引き出しから退職願を取り出した。

「なんの前兆もなく、相談もなくですよ。本部も交えて話を進めたいのに、これだけ渡していなくなったんです。今は秋山が担当していた整備を他のメカニックに割り当てて、なんとか回してる状況です」

店の労務管理諸々を受け持つのが、この岩浪店長である。突如として出た欠員に、彼は手を焼いていた。藤谷が話を進める。

「店長は、当日の秋山さんが店を出て行くまでの様子を見ていましたか？」

「ええ、退職願を出して、こちらの話も聞かずに車に乗って出ていきましたよ。防犯カメラの映像、見ますか？」

「ご協力感謝します」

店長は自身のパソコンを操作して、店の入り口に設置されたカメラの映像を流した。手前の道路と、店に出入りする車がはっきり映っており、ナンバープレートまで見える。秋山がいなくなった夜まで早送りすると、たしかに、店から出ていく秋山の赤いコンパクトが映っていた。やや映像が粗いものの、運転席に座った秋山の顔がたしかに映っている。

「ほら、このとおり秋山は、この日、店を出ています。いなくなったのは、退社後なんですよ」

厚手のコートにマフラー姿の秋山が、公道に出ていく映像が流れている。霧嶋は映像から店長に目を移した。

「その後、戻ってきたりとか、誰かと待ち合わせをしていたとかは？」

「ないと思いますねえ。私は秋山を見送ったあと、取引先へ納車に出かけてしまったので、しっかりは見てはいませんが……仮にそういう様子があったら、それもカメラに残っていますよ」

この店は、車が出入りできる入り口が正面の一箇所しかない。ここに設置されたカメラは、出入りする車両を全て映す。

店長の話を聞き、霧嶋と藤谷は、カメラの映像とその他資料をいくつか拝借した。失踪前数日分の、店舗職員全員分の出退勤時刻表、個人の日報など、本人以外のスタッフの資料も対象である。

それからふたりは、秋山が働いていた現場である整備工場へ入った。霧嶋と藤谷が現れると、整備作業中だったメカニックたちがそわそわと顔を上げた。秋山がいる前提で入っていた整備予約を、秋山が欠けた状態で埋めている彼らは、事務所の営業スタッフ以上にバタバタしていた。

話しかけるのも忍びないほどの繁忙ぶりの中、突如、藤谷が歓声を上げた。

「お!? あそこにあるの、八〇年式レグホンじゃねえか！」

工場で整備されている白いスポーツカーに、目を輝かせているのだ。

「あんなマニアックな車も入庫するんだな。もう部品も出回ってないだろうに」

「そうなんですか？」

そういった情報には疎い霧嶋はきょとんとした。藤谷は他の車両にも目移りしてはしゃいでいる。

「あっちに停まってるのは新型アルエットだ。知ってるか霧嶋、あれはもとはペルッシュっていうフランスのメーカーのOEMだったんだ。お、あそこのアトリもいいな、あの色を選ぶなんて、持ち主はなかなか通だな」

入庫車両に夢中の藤谷と、置いてけぼりの霧嶋のところへ、眼鏡にスーツの男性が歩み寄ってきた。

「刑事さん、車、お好きなんですね」

胸には『村上篤史（むらかみあつし）』と印刷された首掛け名札が吊り下がっている。名前の上に小さく書かれている肩書きは、サービスマネージャー。この店のメカニックを統括する、サービス部門の長である。

霧嶋は、子供のように無邪気になってしまった上司を横目に、村上マネージャーに会釈する。

「この人、キャリオンクローに乗ってるんですよ」

「キャリオンクロー！　すごい。かっこいいですねえ」

村上マネージャーが手を叩く。

キャリオンクローは、外国製高級スポーツカーである。洗練されたスマートなフォルムが美しく、カーマニアの間では憧れの的なのだ。

鼻高々にしたり顔をする藤谷の横で、霧嶋は余計なひと言を付け足した。

「でも運転は下手なんですよ。買って半年も経たないうちに自宅の車庫でぶつけてるんです」

「おい、やめろ。俺の悲しい伝説を広めるな」

藤谷が眉を寄せた顔でくるりと振り向く。村上マネージャーは軽やかに笑った。

「ははは。もしまたぶつけたときには、弊社に入庫してくださいよ。きれいに直しますよ」

「お、商売上手だね」

楽しげに盛り上がったあと、藤谷はリラックスした表情のまま、マネージャーに尋ねた。

「ところで、秋山さんについてお話を伺ってもよろしいですかね。お店での彼の様子とか、この頃変わったことはなかったか、とか」

メカニックの仕事を管理する立場であるマネージャーは、秋山の直属の上司である。彼の朗らかな顔が、少し曇った。

「そうですねえ。何日か前、奥さんと大喧嘩したって話してました。秋山は明るくて元気なムードメーカーです。ただちょっと、奔放すぎるところがありまして……」

「はっきり言いなよ、マネージャー。あいつ、たぶん浮気してたって」

そう口を挟んだのは、秋山の先輩メカニック、平澤亜依だった。キャップの下から縛った髪を垂らした、四十歳前後のメカニックである。霧嶋がメモを取りつつ聞く。

「浮気、ですか」

「奥さんとの喧嘩、ここ最近に始まったことじゃないんですよ。梨香子ちゃん、秋山くんの浮気、もう何年も疑ってました」

平澤が話していると、後ろでタイヤの溝を見ていたメカニックが振り向いた。

「秋山は否定してはいるんだけど、梨香子ちゃんを不安にさせるような生活態度なんすよね」

先輩メカニックふたり目、里中亮介である。

「俺、秋山とは結構仲良くて、お互いの家に行って梨香子ちゃんも含めて飲んだりするんすけど。梨香子ちゃん、結構ヒステリックなんです」

里中は、霧嶋がこの店に来て最初に顔を合わせたメカニックである。平澤が手を叩く。

「この間なんか、梨香子ちゃんから店長宛てに電話がありましたよ。『夫の退勤時間を確認させろ』ってしつこかったらしいです。秋山くんの帰りが遅いから、別の女のところへ寄り道してると思ったんでしょうね」

「店長も忙しいのに、ずっと電話で相手させられてたよな」

里中が呆れ顔で笑う。

霧嶋はメモを取りつつ、唸った。秋山がいなくなる直前、秋山夫妻は店にも迷惑がかかるような大喧嘩をしていた。これは妻、梨香子からは聞いていない話である。

マネージャーはよく喋るメカニックたちに苦笑して、自分もぽつりと苦言を呈した。

「秋山は『こいつ悲しみの感情あるのか？』ってくらい明るいのが取り柄なんですけど、なにごとも笑ってごまかす無責任な一面も、正直、ありました。奥さんと喧嘩しても、なあなあにしてのらりくらりして、同じことを繰り返してる」

マネージャーを見上げ、平澤が頷く。

「そうそう。梨香子ちゃんと付き合ってるのがバレて、梨香子ちゃんのファンが怒っても、開き直ってたし」

「嫌がらせされても、それもやっぱり気にしてないみたいでした。警察に相談したほうがいいって勧めても、『平気平気』って」

マネージャーは、半ば呆れて半ば心配そうに語った。藤谷が彼らを見回す。

「仕事を辞めようと考えているとか、そういう話はありましたか？」

「全く。なにも言わず、いつの間にか店長に退職願を渡して、そのままいなくなりました」

マネージャーがため息をついた。その隣で里中が虚空を仰ぐ。

「マネージャーが仕事詰めすぎだから、疲れて飛んじゃったんじゃねえすか？」

「えっ、私のせい？」

マネージャーが目を見開くと、里中はこくこく頷いた。

「だってこの職場、正しくタイムレコーダー打ってたら、残業、月百時間は余裕で超えますもん。我慢の限界だったのかもっすね」

里中の素直な言葉に、霧嶋と藤谷は顔を顰めた。どうやらこの職場は、実際に退勤する時間より早くタイムレコーダーを記録する、残業隠しが横行しているようだ。こんな会社はどこにでもあるし、かく言う警察も、ブラック呼ばわりされるほどハードな職場である。

マネージャーが俯く。

「私のせいかなあ。秋山が嫌な顔ひとつせずに受けてくれるからって、残業させすぎたから……」

「そうっすよ。無理なスケジュールで整備予約組むのやめてくださいよ」

里中が意見すると、マネージャーは眼鏡の奥の気弱そうな目を一層しょぼんとさせた。

「そうは言っても店長が、残業してでも目標達成しろって……」

「それなのに本部は残業時間減らせって言うんだよね。マジで現場をわかってない」

平澤が毒づいて、整備に戻る。霧嶋は落ち込むマネージャーに声をかけた。

「残業、そんなに多いんですね」

「ええ、このとおりメカニックたちに無理をさせてるのが現状です。私自身も、元メカニックなので整備にもフォローに入りますが、それでも売上目標の達成が厳しくて……」

マネージャーが苦笑する。

「でも本部の総務は、『労働基準法に触れるからあまり残業させるな』と……あっ、話が逸れましたね。秋山の当日の様子でしたよね」

途中から本部の愚痴になっていたが、マネージャーはここで軌道を修正した。

「あの日も仕事のスケジュールがギチギチに詰まっていて、秋山も遅い時間まで仕事をしていたと記憶しています。私自身は、事務所で店長とふたりで残ってデスクワークをしていたので、工場に最後までいたのが誰かまでは見ていませんが……」

藤谷がメカニックらに問いかける。

「工場にいた皆さんは、どうですか？」

「二日前ですよね。俺、その日は保育園に娘を迎えに行ったので、定時の六時で上がりました。少なくともそのときは、秋山、普通に工場にいたっすよ」

里中が答える。平澤も天井を見上げて、当日を思い起こす。

「私も秋山くんより早く上がったと思う。あんまり覚えてないけど」

その後も他の職員からも話を聞いたが、誰の口からも語られるのが、秋山の浮気の可能性、そして妻との大喧嘩だった。

その秋山が、突然の失踪である。霧嶋と藤谷は、互いに顔を見合わせた。

＊＊＊

一方その頃、ラスカは拾った柿を他のカラスに奪われていた。

朝、カラスの体になった彼は、ゴミを漁る別のカラスを見つけた。自分もそこに交ざって食べ物を探さなくてはならないのだが、本来カラスではない彼にとって、その屈辱は耐え難かった。

〝体をカラスに変えられる〟という罰の趣旨は、ここにある。自分はカラスではない自覚を持ったままゴミを食わされ、尊厳を奪われる。たまに人間が恵みで寄越す食べ物も、地面に撒かれたものを拾う。それが死神における罪人の扱いだった。

野鳥用に餌場を置いている家で熟れた柿を見つけたが、それも呆気なく失った。

公園の噴水の縁にとまって、彼は途方に暮れた。夜になれば人の姿に戻れるが、懲罰対象である彼は減給中で、どちらにせよろくな生活ができない。

思い出すのは、昨晩の夕食だった。久しぶりに、尊厳のある食事をした。それどころか、優しい味付けでありつつ程よい塩加減で、あんなにおいしいものは、懲罰を受ける前を含めても初めて食べた。

ラスカは、噴水から見える、無人のベンチを見つめる。

あの人は、自分の話を信じたわけではない。だが、もてなしてくれたのは事実だ。

「頼るわけじゃない。ただ、様子を見に行くだけだ」

自分自身に言い訳をしてから、彼は黒い翼を広げて飛び立った。

数分も街の上空を飛ぶと、目のいいカラスはすぐ、目的の人物を発見した。ディーラーの整備工場でメカニックと話している、霧嶋である。ラスカは彼を目がけて滑空し、洗車機の上にとまる。それからふと、洗車機の陰に佇む、茶髪の男を見つけた。

彼の表情と姿勢に、ひゅっと息を呑む。

と、聞き込みを切り上げた霧嶋と藤谷が、駐車場へ向かっていく。ラスカは霧嶋を追いかけた。

停めてある覆面パトカーへ向かって歩く藤谷が、難しい顔をする。

「流れが変わってきたな。退職願を出してからいなくなってるし、梨香子さんと喧嘩してるし、他の女のところへ逃げたのかもな」

秋山の性格や、店の同僚らの証言を鑑みると、その線がもっとも濃い。

「うちも息子で保ってるような夫婦だから、気持ちはわかる。家に帰りたくない日くらいあるよな」

藤谷は妙に秋山に同情して、うんうんと頷いている。霧嶋は、出入りする車両を横目に唸った。

「うーん……帰りたくないまではわかるとして。それで本当に帰らず、他の人のところへ行くなんて、あるんですか？　仲直りする方法を考えるところじゃないですか。相手は愛する妻ですよ」

すると藤谷は、強張った顔で霧嶋を振り返った。

「あのな霧嶋。お前さんはその性格だから考えつきもしないだろうが、世の中にはそういう夫婦もいるんだよ」

説明されてもまだ釈然としない霧嶋に、藤谷はため息混じりに言う。

「大切にしようと決めた車を、あっという間にぶつけて傷物にした俺のような奴もいるんだからさ。最初の頃は大事にするつもりだった妻が、いつの間にか負担でしかなくなる場合だって……」

藤谷は自虐めいたたとえ話をしてから、霧嶋と目を合わせた。霧嶋の目に、うっすらと蔑みの色が滲む。信じられないといった顔の霧嶋に、藤谷は咳払いした。

「ともかく、秋山さんはその奥さんにも言わずに仕事を辞めてたんだぞ。自分の意志で、いなくなる気だったのは間違いない」

そうだとしたら、やはり妻とうまくいかなくなって、別の女のもとへ逃げたと考えられるのだ。藤谷は車の助手席のドアを開けた。

「嫌がらせや脅迫状も、秋山さんは意に介してなかった。これも、奥さんと別れる口実のための、自作自演だったりしてな。ひとまず一旦署に戻って、秋山さん本人とスタッフとか関係者の足取り、チェックするか」

もしも藤谷の推理どおりであれば、今後は捜査員の人数は減らされていくだろう。藤谷が先にパトカーに乗り込み、霧嶋も運転席へと続こうとした。そこへ、ラスカが車のボンネットに降り立った。

「おい、あんた」

「わあっ！」

突然カラスが舞い降りてきたのだ、霧嶋はぎょっとして身動(みじろ)ぎした。

「ラスカ？」

「なんか食……いや、たまたまあんたがいるのが見えたから、様子を見にきた。今日もなんか難しいこと考えてんな」

霧嶋は呆然とした。このカラスとはもう関わる機会はないだろうと思って、夢として処理したつもりだった。それがまたもや、目の前に現れた。

一旦乗車した藤谷が、助手席から降りてきた。

「なにしてんだ霧嶋。誰と話して……えっ？」

ラスカに注目し、藤谷は目を剝いた。

「カラス？　あれ、今お前、喋って……？」

とまどっている彼に、霧嶋ははっとした。とっさに、ボンネットの上のラスカを両手でむんずと捕まえた。黒い羽毛の中に、霧嶋の指が食い込む。

「わ、わあー、なんだろう。迷子の九官鳥ですかね」

霧嶋自身もまだ、ラスカの語る死神云々（うんぬん）については信じたわけではないが、藤谷はもっと混乱する。解説してわかってもらえるとも思えないので、下手な芝居を打った。摑まれたラスカも、迂闊（うかつ）だったと気づいた。食べ物を寄越せと言いだせなくなり、くちばしを閉じて押し黙る。

霧嶋はスーツのジャケットを脱いで、ラスカを包んだ。

「署に連れて帰りましょうか。会計課の落とし物係に預かってもらいましょう」

「お、おお、そうだな。お前はそいつ持ってろ。運転は俺がする」

藤谷は狼狽しつつも、運転席に移動した。霧嶋が気色（けしき）ばむ。

「わあ、藤谷係長の運転かあ。怖いな」

「言うようになったな霧嶋。大丈夫だ、ぶつけたら村上マネージャーが直してくれる」

「まず、ぶつけないでください」

冗談を交わし合う彼らを乗せ、車はよろよろと出発した。

＊＊＊

警察署の裏の公園。ベンチに座った霧嶋の膝には、ラスカがとまっている。彼を見下ろして、霧嶋は言った。

「乱暴に摑んだりしてごめん。でもあんまり僕以外の人がいる前で喋らないで。ラスカ自身も、喋ってるところを見られるとまずいんでしょ？」

「チッ、マジで不便だ、この体」

ラスカは霧嶋に掴まれた胸元と翼を、くちばしでガシガシと整えた。

会計課へ届けると言いながら、霧嶋はラスカをこの公園に連れてきた。

羽繕いするラスカを眺めつつ、藤谷の驚嘆顔を思い浮かべる。藤谷にも、ラスカの声は聞こえていた。自分だけに見える幻覚でも、疲れのせいで聞こえている幻聴でもないようだ。こういうロボットでもない。真っ黒でぱさついた羽毛は、作り物でもなんでもない。触った感触がまだ手に残っている。体温があり、たしかに呼吸をして、生きていた。ここまできたら、喋るカラスの実在を認めざるをえない。

「あのさ……君、本当に本当に昨日のお兄さんなの？」

「しつこいな、そうだっつってんだろ。白菜と豚こまの煮物、めちゃくちゃ美味かったぞ」

このカラスイコール昨晩の青年というのは、やはり霧嶋にはすぐには信じられない。だがこのカラスの声はたしかにあの青年のもので、昨日の夕飯のメニューまで知っているのだから、それが証拠になってしまう。

「じゃあ、死神というのも、残留思念云々というのも……？」

「信じたくねえなら信じなくてもいい。人間のあんたには、関係ない話だからな」

ラスカは念入りに羽繕いしつつ、投げやりに言う。整えた羽の先を震わせると、バババと迫力のある音がした。

霧嶋は、彼を信じてみたくなった。

「人の姿のときは捕まえようとしても躱すのに、鳥の姿のときはあっさり捕獲されるんだね」

「うっせー。まだこの体に慣れてねえんだよ。カラス生活、一年経ってないんだから」

羽に顔をうずめて、ラスカは決まり悪そうに羽繕いを続ける。霧嶋は、彼の膨らんだ後頭部を眺めた。

「ねえ、ラスカ。君、空から僕を見つけられるくらい目がいいんだよね」

鞄から、一枚の写真を取り出す。茶髪の男、行方不明の秋山の顔写真である。

「もしこの人を見つけたら、知らせてほしい。事件に巻き込まれてる可能性があるんだよ」

高いところを自由に飛び、そして鳥類の視力を持つラスカなら、行方不明者の捜索に役立つ。霧嶋がそう考えて提案すると、ラスカはぴたりと、羽繕いをやめた。写真に写った顔を見て、僅かに羽毛を逆立てる。

「こいつ、もう死んでる。こいつの残留思念、見た」

写真の中で明るい笑顔を見せるその男は、間違いなく、ラスカが先程見た顔をしていた。ディーラーの洗車機のそばに佇んでいた男――否、その残留思念である。

それまで力を抜いていた霧嶋の面持ちに、緊張の色が差す。まだ生きている可能性に賭けていたのに、ラスカがこう言うのだ。

「……本当に？」

「信じたくねえなら、信じなくてもいい」

ラスカは先程と同じ言い回しをし、仕上げの身震いをした。霧嶋は数秒、呆然としていた。ラスカが本当に死神で、本当に残留思念が見えているのだとしたら。

秋山はもう、この世にいない。

「そっか、だめだったか」

霧嶋は、写真を持った手を力なく下ろした。

「あのね、ラスカ。警察が行方不明者を捜すときは、いくつか条件があってね。そのひとつが今回みたいに、事件性があるときで」

ラスカに語りかける霧嶋の声は、穏やかかつ、沈んでいた。

「なにかあったんだろうなって見込んでるから、捜してたんだ。でも、当たり前だけど、事件も事故もなんにもなく、しれっと帰ってきてほしかった」

藤谷の推理どおり、本人の意思で家出しただけであれば、まだよかった。彼のために駆けずり回った一日が無駄になったとしても、なにごともなく済めばなによりだ。霧嶋は、写真の中の秋山に目を落とした。

「この人、すっごく明るい人なんだって。『悲しみの感情がない』なんて評されるほど」

「ふうん」

ラスカは目線を外した。ベンチの木目を眺めて頭に思い浮かべていたのは、先程見た残留思念の表情だった。

せめて死んだ場所がわかればと、霧嶋はラスカに尋ねた。

「残留思念、どこで見たの？」

「なんで教えなきゃなんねえんだ。人間と馴れ合うつもりはない。って、昨日も言ったろ」

ラスカがつんとそっぽを向く。霧嶋は食い下がった。

「そんなこと言ってる場合じゃないいんだよ。緊急事態なんだよ」

「俺は死神だから、人間の都合なんか関係ない」

「こっちだって死神の都合は関係ない。こんな便利なカラスがいるなら使わない手はない」

「便利なカラス⁉」

横を向いていたラスカが、くるっと正面を向いた。

「あんた、死神の俺を便利なカラス呼ばわりしたな！」

「あっ、つい本音が。でもそのとおりでしょうが。ほら、パンあげるから教えて」

霧嶋が鞄に再度手を入れ、昼休憩用にコンビニで買っておいた、焼きそばパンを取り出す。それを見るなり、ラスカは尾羽を広げた。腹が減っていた彼は、プライドよりパンが勝（まさ）った。

「真の体だったらキレてたけど、今はまあ、受け取ってやる。カラスやってる間は、パンは上等品だからな」

ラスカが生意気を言う。霧嶋は封を開けてパンをちぎり、ラスカのくちばしに近づけた。

ラスカはぱくっと食いつくと、目を瞑って味わう。

満足げなラスカを見下ろし、霧嶋は苦笑した。自分からパンを差し出したわけだが、本当に納得してもらえるとは思わなかった。

「これで喜んでくれるんだ。『生贄（いけにえ）を差し出せ』とか言わないし、死神って案外、かわいげがあるね」

霧嶋はもう一度パンをちぎって、ラスカの口元へ追加する。ラスカはパンの欠片を咥えては飲む。

「そんなもんだろ。死神は皆、ごく自然に人間に交じって馴染んで暮らしてる。普通に腹が減るし、人間と同じように生きて死ぬ。効率的に残留思念の回収をできるように、人間とは違う能力を持ってるってだけ。体を透過したりとか」

「体を透過？　すごいね、やってみせて」

霧嶋が無邪気に催促すると、ラスカは決まり悪そうに目を伏せた。

「本来はできたけど、懲罰にはこういう能力の制限もあってだな……」

「封じられてるのか。仕事をしないと懲罰は解けないのに、仕事の難易度上げられてるんだ」

霧嶋はなんだか、ラスカが不憫（ふびん）に思えてきた。

ラスカはパンをひと欠片味わうと、改めて言った。

「残留思念は、さっきの整備工場の洗車機の辺りにあった」

「職場に……!?」

つい先程まで霧嶋自身もいた、整備工場。そこが死亡現場だったというのだ。

「事故……自殺？　いや、遺体がない」

遺体がないなら、少なからず、誰かがその場から動かしている。隠す必要があったとするならば、他殺だろう。

「現場が職場なら、奥さんが怒って殺したのでも、奥さんのストーカーがやったんでも、浮気相手の仕業でもないんだ」

「そんな恨み買ってる奴なのかよ。なんにせよ、その人たちがわざわざ職場で殺したんじゃなきゃ、そいつらは関係ないだろうな」

ラスカが口を開けてパンを催促する。霧嶋は、パンを大きめにちぎってくちばしの中に転がした。

「あれ？　でも、防犯カメラにしっかりと、秋山さんの車が出ていくのが映ってたな」

あの時点ではまだ生きていて、それから戻ってきたのだろうか。いや、そうだとしたら店に秋山の車が残っていないとおかしい。

霧嶋は首を捻（ひね）って、ラスカに尋ねた。

「遺体はどこにある？」

「知らね。俺は残留思念を見ただけだ」

残留思念があったとしても死体が見つからなければ、捜査を殺人事件に切り替えられない。霧嶋はラスカに縋（すが）り付く思いで、ラスカの翼角（よくかく）に指を添えた。

「死神って、遺体の場所がわかったりはしないの？」

「用があるのは残留思念だけだからな。器のほうは関係ない」

ラスカは素っ気なく答えて、霧嶋の手を翼で払った。霧嶋は唸り、鞄から写真を取り出す。

「じゃあ、この車に見覚えは？」

秋山の赤いコンパクトカーである。ラスカは前傾姿勢で写真を眺め、そっぽを向いた。

「わかんねえよ。仮に同じ車を見てたとしても、ナンバーまでいちいち覚えてねえ」

「そっか……」

人間の目だけで調べるよりも、他の視点を持つラスカがいれば、捜査が捗る。しかしラスカは、あまり積極的に協力しようとはしない。

霧嶋は、少し欠けた焼きそばパンに目をやった。膝の上の死神は、〝対価〟を差し出せば、それなりに協力してくれる。

「おなか空かせてるんなら、今夜もうちに来る？」

途端に、ラスカの尾羽がぴくっと開いた。

明らかに反応があったのを確認し、霧嶋はもうひと押しした。

「うちに靴を忘れてる。取りにおいで」

やや強引に約束を取り付ける。ラスカはちらっとだけ首を動かし、霧嶋を見上げた。

「しょうがねえな。今回だけだぞ」

霧嶋の言外の含みを汲み取り、ラスカはふわりと足を浮かせる。

「残留思念の回収ついでに、整備工場を見てくる。遺留品かなんか、見つかるかもしんねえ。あそこで死んでる証拠があれば、家宅捜索入れるだろ」

開いた翼の影が大空へと消えていく。その影に向かって、霧嶋は問いかけた。

「なに食べたい？」

「肉」

霧嶋は、冷凍庫にストックしたハンバーグのタネを思い浮かべた。そして署で資料の確認をする藤谷と合流し、秋山や周辺人物の足取りを追った。

＊＊＊

真冬の空は、凍えるように寒い。ラスカは真正面から吹きすさぶ風に抗い、目的の整備工場へと向かった。工場に入れ代わり立ち代わり、メンテナンスにやってくる車が出入りする。

工場の屋根にはスズメの群れがおり、チュンチュンと鳴き交わしていた。天敵のカラスであるラスカが出現すると、スズメが一斉に飛び立っていく。ラスカは様子を見て、整備車両や試乗車の行き交うアスファルトへと下りた。

残留思念は、まだ同じ場所に佇んでいる。ラスカは、その顔や立ち方をじっと観察した。

秋山の残留思念は、両腕を開いて前に突き出していた。つなぎから着替えた、私服姿である。

これをここに残したままにはできない。ラスカは翼で浮かび上がると、秋山の広げた腕にとまった。途端に、それまで石のように固まっていた秋山が、思い出したように目を上げた。そして自身の体や周囲を眺めたあと、ゆっくりと一歩を踏み出す。

死の跡に残された残留思念は、歩くことも、言葉を話すこともできない。しかし死神が触れれば、彼らはふと、死を自覚する。そうして自身がこの場に留まるべきでないと受け入れ、あの世への旅立ちを決意する。

彼らは、あの世という行き先に向けてだけ、次の一歩を踏み出せるのだ。

秋山が出した足が、すうっと消えていく。それを起点に体全体が見えなくなっていき、ラスカがとまっていた腕も跡形もなく消滅した。

これが、死神の〝残留思念をあの世へ運ぶ〟仕事だ。

残留思念は、死神に触れられて初めて、死を受け入れられる。あの世へと歩きだせる。死神と離れてしまうと、一度受け入れた死を見失い、残留思念は行き場に迷ってしまう。だから死神は、残留思念が消えるまで、触れた体を決して手放してはいけない。

秋山の残留思念を見送って、ラスカは羽ばたき、浮かせていた足をアスファルトに着地させた。残留思念のあった場所を数秒だけ見てから、彼は切り替えた。メカニックがバタバタしている整備工場へと、踏み込んでいく。

ラスカは義理堅い性格だった。霧嶋が食べ物を用意してくれるというのなら、それに見合った仕事をする。確実に人が死んでいるこの場所から、証拠を見つけ出すのに、妥協はしない。

工場はそこそこ広いが、飛ぶには天井が低い。かといって歩けば、ひっきりなしに行ったり来たりする車に轢(ひ)かれそうになり、動き回るメカニックから邪魔くさそうに追い払われる。

「おっと、カラスがいる。危ない、轢かれるぞ」

整備した車両を洗車機へと動かしていた社員が、運転席の窓から顔を出す。つなぎではなくスーツを着た彼は、マネージャーの村上である。本来はデスクワークメインの立場だが、工場が大忙しのため、こうしてサービス業務のフォローに入っているのだ。

洗車機にワゴン車を停め、彼は手慣れた仕草でボタン操作をした。洗車機から水が噴き出す中、マネージャーは時間短縮のためにシャワーヘッド付きの散水ホースも使ってワゴン車を洗う。

そのホースの水が、アスファルトを歩いていたラスカに降り注いだ。驚いたラスカは飛び退きながら叫ぶ。

「うわっ」

「お？　このカラス、人間みたいな声で鳴くな」

マネージャーは面白がって、今度は故意にラスカに向かって水を撒いた。ラスカは声を堪えて逃げ、ホースの水が届かない工場の屋根まで飛ぶ。羽毛とくちばしの先から、水滴がぽたぽたと落ちた。

ラスカは高いところから、そこらじゅうに水たまりを作るマネージャーを睨んだ。「本来の姿なら、こんなことされないのに」と腹の中で憤る。

下では平澤がマネージャーのもとへ歩み寄ってきていた。

「マネージャー、なにやってるんですか？」

「いやあ、あのカラスが面白くてね。次下りてきたら平澤もちょっかい出してみなよ」

「遊んでないで仕事してくださいよ」

ここにいると、また意地悪をされる。ラスカは水を弾く羽毛を膨らませて、目一杯マネージャーを睨んだ。

＊＊＊

関係者の足取りを調べていた霧嶋と藤谷は、署で資料を眺めて唸っていた。

「残業隠しが酷いですね。出退勤時間と日報の活動時間、全然合わないですよ」

「退勤は定時でも実際は残業してんだもんなあ。梨香子さんが秋山さんの帰りの遅さに疑問を持つのもわかる気がする」

失踪当日、秋山は夜七時にタイムレコーダーを押しているが、日報によると夜九時頃まで整備工場にいる。

ふたりは資料と併せて、防犯カメラの映像も流し見た。映像には日報どおり九時頃、秋山が退勤する姿が残されている。

先輩の里中は、本人が言っていたとおり六時に退勤しており、平澤は八時半頃に徒歩で退勤する姿がカメラに映っている。営業スタッフや事務員、他のエンジニアも、六時から八時台に退勤していた。

店長とマネージャーだけは、十時頃まで事務所にいたようだ。ふたりで事務所で仕事をしているので、お互いがアリバイを証明できる。

カメラの映像を見ていると、店長は九時過ぎ、秋山の車が出ていったあとに、新車に乗って店を出ている。その三十分後には、徒歩で店に帰ってきた。

「これはお客さんのところに納車に行ってたんですかね。本人も言ってましたし」

霧嶋が言うと、藤谷は店長の日報に目を落とした。

「そうだな。徒歩で帰ってこられる距離の客先に、納車に行ってる。これは客に確認すれば裏が取れるな」

霧嶋は、カメラの映像に映る事務所の明かりに眉を寄せた。

店長不在の三十分の間、マネージャーは事務所にひとりだったわけだ。

けれど、秋山もこの時間には店を出ている。

車で出入りできる入り口は防犯カメラのある正面だけだ。でも、身ひとつなら他の場所からでも出入りできる。店の塀や植え込みやフェンスを乗り越えればよい。ラスカの言葉を鑑みると、秋山は整備工場で死んでいるはずだ。わざわざ徒歩で戻ってきて入り口以外から入ってきて、そこで殺されたというのだろうか。

藤谷が天井を仰ぐ。

「って、こんなチェックしてなんの意味があるんだ。マネージャーに三十分アリバイがないことより、秋山さんの浮気のほうが追う価値あるだろ」

秋山が死んだとは確信していない藤谷は、悠長にそう言った。

＊＊＊

夕方六時を回ると、ラスカは人の姿に変わる。鳥ではなくなる前に捜査を切り上げ、霧嶋のマンションへ向かった。

夜八時頃、ラスカはマンションに到着した。建物の脇の駐輪スペースに、見慣れない聴色（ゆるしいろ）の原付が停まっている。ラスカはそれを横目に、外付けの階段を上って霧嶋の部屋を目指した。

忙しい霧嶋は、普段から帰りが遅い。この時間にはまだ帰ってきていないことも多い。しかしこの日は、ドアノブを捻るとあっさり開いた。ラスカはインターホンも押さずに、玄関へと踏み込む。

「邪魔すんぞ」

扉の音に気がついたのだろう、奥から人影が出てきて、彼を迎えた。

「お帰り、秀一くん。ごはん炊けてるよー」

顔を覗かせたその人は、霧嶋ではない。毛先を巻いた金髪に、長い睫毛(まつげ)、ミニスカート。

そこにいたのは、二十歳前後の若い女性だった。

ラスカは絶句し、金髪の女のほうも、凍りついた。お互い無言のまま、数秒が過ぎる。

やがて女が飛び退いた。

「誰!?」

「あんたこそ誰だよ。ここ、あいつの家じゃ……!?」

ラスカも硬直が解けた。女が玄関の箒(ほうき)を手に取り、ラスカに殴りかかる。

「空き巣!? 出てけ! 秀一くんは警察官なんだからね!」

「危ねっ! あんただって勝手に上がり込んでんじゃねえか!」

その箒を、ラスカは白刃取りした。と、ラスカの後ろで扉が開いた。入ってきたのは、今度こそ霧嶋である。

「開いてる。わっ、ラスカ。そっか、今そっちの姿……」

手前にいたラスカの後ろ頭に驚いたのち、霧嶋は、箒を振りかざす女に気づく。

「紬(つむぎ)ちゃん! そうだ。今日、来る日だったたね。すっかり忘れてたっぷり残業しちゃった」

彼の姿を見るやいなや、紬と呼ばれた金髪の女は、箒を放り出した。そしてラスカを突き飛ばし、霧嶋に抱きつく。

「秀一くーん！　助けて、変な奴入ってきた！」

「はいはい。ちょっと待ってね、ごはん作るから」

突然しがみつかれても、霧嶋はマイペースにあしらって、玄関を上がっていく。なにも呑み込めずにいるラスカは、呆然として、霧嶋と金髪の女、紬の後ろ姿を見ていた。


「話してなかったから驚いたよね。この子は椎野紬ちゃん。僕の従妹だよ」

ハンバーグを焼きながら、霧嶋はようやく、ラスカに説明した。

「美容系の専門学校に通っててね、進学以来、この辺でひとり暮らししてる。たまにこうして遊びに来てくれるから、合鍵を渡してあるんだ」

冷凍してあったハンバーグのタネが、フライパンの上で三つ、焼けはじめている。肉の焼ける音を聞いていたラスカは、視線をちらりと、ダイニングテーブルに向けた。椅子に座っている紬が、警戒心剝き出しの顔でラスカを睨んでいる。

「秀一くん。こいつ誰？」

「えーと、友達、かな。ラスカっていうんだ」

霧嶋が無難な返事をする。紬はますます、眉間の皺を深くした。

「ラスカ？　キラキラネーム？」

「言ってやるなって。最近知り合って、今日でごはん食べに来るの二回目だよ」

「ふうん」

紬は品定めするような目でラスカを見ている。ラスカのほうも、負けじと睨み返す。やがて紬は、ぷいっとそっぽを向いた。

「なんか髪ボサボサだし、目つき悪いし姿勢も悪い」

「あ!? なんだと」

ラスカがくわっと牙を剝くも、紬は態度を改めない。

「秀一くんの友達なら、それにふさわしい美青年じゃないと。てか、インターホンも押さずにいきなり玄関開けるとか、言語道断」

「このクソガキ……俺の悪口しか言わねえ」

言葉の刃をグサグサ刺されて、ラスカは拳を握りしめて打ち震えていた。霧嶋はラスカを横目に、ハンバーグをひっくり返す。程よく焼き目がついたそれから、香ばしい匂いが漂う。

紬は、進学した年の春から、月に一度くらいのペースで原付に乗ってここへ訪ねてきている。霧嶋が休みである土日がメインだが、時々、バイトの都合次第で、今日のように平日にやってくる。実家からの仕送りとバイト代でやりくりしている彼女は、霧嶋の作るおいしい手料理が、たまのご馳走だった。紬はテーブルに頰杖をついた。

「それに比べて秀一くんは、今日も最高にかっこいいね。なんで刑事さんなんかしてるの? そのきれいな顔に怪我(けが)でもしたらどうするの?」

とろけた声を出す紬に、ラスカは眉を寄せた。

「俺に対する態度との差……」

一方で霧嶋は特に返事はせず、ラスカに解説した。

「紬ちゃんは小さい頃から僕によく懐いててね。昔からこうなんだ」

「ふうん。うざくねえか？」

「まあ、ちょっと」

霧嶋は小声で本音を漏らし、苦笑した。

やがて、焼き上がったハンバーグが食卓に並んだ。デミグラスソースが照明を浴びてきらめき、その上ではふわっと載せられたチーズがとろけている。付け合せにはポテトサラダと、真っ赤なミニトマトが添えられていた。食欲をそそる彩りを前にして、ラスカと紬はテーブルに掌をついて皿を覗き込んでいた。

片付けてあった予備の椅子をひとつ追加して、三人での夕食が始まった。

紬が箸の先でハンバーグを割る。肉汁が溢れ出して、潤んだソースと溶けたチーズに、混ざり合っていく。ひと口大に崩したハンバーグを口に運び、紬は満足げに目尻を垂らした。

霧嶋はラスカと仕事の話をするつもりだったが、紬がいるならそうはいかない。ひとまず、ツキトジモータースの一件は置いておこうと考えていた。

すると、紬が突如切り出す。

「ねえ秀一くん。ツキトジモータースに警察入ったって本当？」

なんと紬のほうから、その社名を出してきたのだ。霧嶋もラスカも、つい、箸を止めた。紬がミニトマトを箸でつまむ。

「友達の彼氏が、ツキトジモータースで働いててね。店舗に聞き込みが来たって言ってた」

「わあ、情報早いね」

秋山のいた北店以外の店舗、それから本社にも、聞き込みの警察官が向かっている。それがスタッフ同士で話題になっているのだ。紬はやや前のめりになった。

「もしかして超ブラック企業だから、警察来ちゃったの？」

的外れな推理を繰り出し、紬は新たにひと口分のハンバーグを切り取る。

「店舗によってバラツキはあれど、時間内じゃ絶対無理なスケジュールを組まされてるらしいじゃん。耐えられなくって辞める人があとを絶たない店もあるって聞いたよ」

「そうなのか。大変な業界だね」

霧嶋は、整備工場のメカニックから聞いた話を反芻していた。秋山のいた北店も、メカニックが酷使されている様子だった。長く残業しないとこなせない目標と、残業時間を減らしたい本社、その両方の板挟みである。秋山が突然退職を決めたのも、過酷な環境のせいだったのだろうか。

そうだとして、彼はなぜ殺されたのだろうか。そこまで考えて、霧嶋ははっとした。秋山の失踪、退職願。彼は重大なヒントに気づいた。

紬がポテトサラダを口に入れ、ぱっと目を輝かせる。

「これこれ！　秀一くんのポテトサラダといえば、リンゴが入ってるんだよね。おいしい！」

紬の反応を見て、ラスカもポテトサラダを箸で取った。黄みがかった白いポテトサラダには、薄くスライスされたリンゴの赤い皮が見え隠れしている。食べてみると、ほっくりした舌触りの中にリンゴのサクッとした食感が交ざり、甘みと酸味が溢れ出した。

霧嶋が「ありがとう」とほほ笑む。

「昨日買ったリンゴで作ったんだ。リンゴ入りポテトサラダ、千晴（ちはる）さんも好きなメニューなんだよ」

「ああ、どうりで！　愛を感じる」

紬はポテトサラダをサクサクと口に運んでいく。ラスカは箸を止め、ふたりの顔を見比べた。

「千晴さん？」

「うん、僕の妻だよ。もう亡くなってるけどね」

霧嶋があっさり答え、そして紬も続いた。

「千晴さんを亡くしてから、あたし、秀一くんが心配でこうして様子見に来てるけどさ。料理をはじめ家事もなにもかも完璧だから、不安なのは過労だけだね！」

ラスカは無言で、食卓から見えるリビングに視線を向ける。かわいらしいデザインのクッションや置物、ひとり暮らしのはずなのに、やけに広い部屋。普段からふたつ置かれている、ダイニングの椅子。

霧嶋は、はははと軽やかに笑った。

「紬ちゃんって、世話焼きさんだよね」

「まあ元気そうなのは見ればわかるから、イケメン鑑賞がてらにごはん食べに来てるだけだけど」

紬は開き直り、ハンバーグをぱくりと口に含んだ。


それから一時間弱、夕飯を終えた紬は満足げに帰っていった。機嫌よさげに皿洗いをしている霧嶋は、突如大声を上げた。

「あー！　しまった、玉ねぎ！」

「あ？」

ダイニングの椅子に座っているラスカが怪訝な顔をする。霧嶋は青い顔でラスカを振り向いた。

「ハンバーグ、玉ねぎ入っててた！　鳥には猛毒なんじゃなかった？　ラスカがカラスなの忘れてて、うっかり食べさせちゃった」

「いや、今の体が本当の体だし、そもそも死神だからそういうのあんまし関係ねえ」

ラスカが返すと、霧嶋は大きく安堵のため息をついた。

「よかった……」

「あんた、俺を鳥メインで認識してんのか」

「だって、鳥の姿してるときのほうが見慣れてる」

霧嶋は食器洗いを再開し、ラスカに尋ねた。

「それで、秋山さんの件はどう？」

「最悪だった。工場の奴が俺をおもちゃに……」

ホースで水をかけられたことを根に持っていたラスカは、霧嶋に愚痴を零しそうになって、やめた。格好つかない話は黙っておいて、捜査の結果だけ報告する。

「工場自体からは、なんも見つかんねえ」

ラスカはテーブルに頬杖をついた。

「捜査資料見せろ。誰が何時まで仕事してたのか、確認させろ」

「それは持ち出せないし、ラスカには見せられないよ」

霧嶋はすっぱり返して、ラスカの不満げな顔を一瞥する。

「なにか気になることでもあった？」

「別に……あいつら臆病だから、神経質なだけかもしんねえけど」

ラスカはそう前置きして、言った。

「夜遅く、人がドタバタしてる音が聞こえて目が覚めたって……あの整備工場の屋根にいたスズメが話してた。たぶん、近くにねぐらがある奴ら」

「うん……えっ、スズメが話してたの？」

一旦受け流しそうになった霧嶋だったが、思わず蛇口の水を止めた。

「スズメの言葉がわかるの？　死神って、そんな異能力があるのか」

「いや、単に長くカラス生活してたら、鳥の言葉が漠然と聞き取れるようになっただけ」

「どっちでもすごいよ。スズメから聞き取り調査ができるなんて！」

ただ、証言者がスズメでは、残留思念同様、証拠として提出できるものではない。霧嶋は無邪気に尋ねた。

「なにかのヒントになるかも。スズメたちが揉めごとに気づいたのは何時頃？　争ってるのがどんな人だったか、覚えてる子はいる？」

「スズメだぞ？　時計の数字は読めねえよ。人の顔も、夜じゃ暗くて見えない」

「そっか、そうだよね」

苦笑いする霧嶋に、今度はラスカが問いかけた。

「ところであんた、既婚者だったのか」

「ん？　そうだよ」

「ふうん……」

自分から問うておいて、ラスカは次の言葉に詰まった。霧嶋に妻がいて、そしてその人はもういない。ラスカはそれを初めて知った。

ラスカは死神として、たくさんの死を見届けてきた。だが遺(のこ)される人のその後までは、死神には関わる機会などない。それでも、心に深い傷を負っていることくらいは、死神でもわかる。この大きな傷跡とどう接していいのか、ラスカには難しかった。

するとと霧嶋は、獲物を見つけた目をラスカに向けた。

「なに？　気になる？　聞いてくれるか、千晴さんの話を」

水を得た魚のような反応に、ラスカはたじろいだ。霧嶋は食器洗いを中断し、ラスカのいるテーブルへと駆けつけてきた。

「どこから話す？　まずは馴れ初めから？」

「元気だな、あんた……奥さん死んでんだろ」

ラスカが困惑気味に仰け反るも、霧嶋は目を輝かせてぐいぐい行く。

「もちろん寂しいし、会いたいよ。でも悲しい思い出にしたくないんだ。千晴さんを思い浮かべるたびに暗い気持ちになるより、一緒にいた頃を懐かしんで『楽しかったなあ』って思えたほうが、そばにいてくれてるような気持ちになれるじゃないか」

悲しげな顔をしない霧嶋を見上げ、ラスカは絶句した。心の傷は、きっと癒えてはいない。それでも彼は、前を向くのだ。

霧嶋は椅子を引き、座った。

「千晴さんはね、大雨の日に氾濫した川に転落したんだ。まだ結婚してから半年しか経ってなかった。今年の春だったから、もうすぐ一年になる」

おっとりと、普段どおりの口調で話す。

「買い物にでも出かけてたのかな。通り道の橋から落ちたみたい。増水した川の様子を見に来た人が気づいて、川から引き上げてくれたんだけど、その頃には、もう」

ラスカは口を閉ざして、目を伏せる霧嶋を見つめていた。

「そのとき九州の豪雨被害がこっちの比じゃなくてさ。僕は災害派遣の仕事で、出張してた。連絡を受けて帰ってきて……千晴さんと対面したのは、安置室だった。まあ、早い段階で陸に引き上げてもらえたのが幸いだったかな。思ったよりきれいな遺体だったよ」

霧嶋は、ふっと、自嘲的に笑った。

「僕、警察官なのにね。いちばん身近な人を、守れなかった。それどころか最期の瞬間に、そばにいられなかった」

霧嶋の話し方は、落ち着いた態度で穏やかな言葉遣いをしているが、ラスカは、そこから滲み出す深い後悔を感じ取った。悲しくないわけでもなければ、吹っ切れているわけでもない。普段表に出さないだけで、霧嶋の感情は、春のその日からずっと時が止まったままなのだ。

なんと声をかけていいかわからず、ラスカは結局、いつもの素っ気ない態度を取った。

「そいつはお気の毒様」

「ははは。でもね、不思議なことが起きたんだよ」

霧嶋が少し、前屈みになる。

「僕がついた頃には、もう最期に間に合わなかったはずなのに、一瞬、千晴さんと目が合ったんだ」

「は？」

ラスカが怪訝な顔をする。それでも霧嶋は、はっきりと言い切った。

「不思議でしょ！　川に流されてすっかり変わり果てた姿なのに、僕が来たら目を開けて、こっち見てくれたんだよ」

ラスカはまた、絶句した。しばらく固まってから、ようやく口を開く。

「いや、それは絶対ないだろ」

「僕もそう思うんだけどねえ、あれは絶対目が合った。僕のために生き返ってくれたんだよ」

「なに言ってんだ、あんた……」

死んだ人間が生き返るなど、ありえない。死神として死を司ってきたが、それは〝あってはならないこと〟だ。

ラスカは神妙な顔で呟いた。

「紬があんたを心配して会いに来るのもわかる……」

妻を亡くした彼がこんなことを言いだせば、メンタルの危機を疑う。霧嶋はあははと軽やかに笑った。

「紬ちゃんには感謝してるよ。千晴さんがいない毎日は死ぬほど退屈なんだけど、紬ちゃんが来るといいアクセントになって生活に張りが出る。あの子が来なかったら、僕はたぶん、趣味の料理もやらなくなってた」

千晴がいないなら作る意味はない。趣味から離れかけていた霧嶋だったが、紬が来るならばと、少なくともその日だけは作っていた。おかげで、今も彼は、料理好きなままでいられている。

紬の気持ちを少しばかり理解したラスカに、霧嶋は活き活きと声を弾ませた。

「そうだ、千晴さんの写真見る？　結婚式のときのがあるよ。このときのウェディングドレス姿がまた、すごくきれいでね！」

千晴を紹介するついでに惚気て、霧嶋はリビングのチェストから写真を取り出した。それを引き気味のラスカへと呈して、自慢する。

「千晴さんとの日々は、短い間だったけど最高に幸せだったよ」

「なんか、惚気がうざったくて今ひとつ同情しかねる」

ラスカは辟易しつつ、写真に一瞥だけくれた。警察官の礼服姿の霧嶋と、その隣に立つ純白のドレスの花嫁が写っている。

そのほほ笑む女性を見て、ラスカはぴたりと凍りついた。

それまでの霧嶋の妻自慢に飽きてきていた彼だったが、花嫁の顔に目が留まるなり、釘付けになった。長い睫毛に、柔らかそうな白い肌。零れそうな大きな瞳。

注目したまま固まるラスカに、霧嶋はにやりとした。

「お、千晴さんの美しさに驚いたかな？　そっか、死神にもわかるんだね、この魅力が」

ラスカは我に返り、霧嶋のしたり顔を見上げた。

「うっせー。あんたのそういうとこ、紬と似てる」

「ははは！　そうかも」

霧嶋はおかしそうに笑ってから、写真を大切にしまった。

「ねえラスカ。千晴さんの残留思念も、川の中に残ってたのかな。どんな顔して、なにを思ってたのかな」

死神であるラスカにとって、死とは身近なものである。だけれど、自分自身が死を経験したわけではない。見送った残留思念がどんな気持ちで死を受け入れ、どんな場所へ行くのかも、彼は知る由もないのだ。

死者の最期の感情は、表情から想像する程度しかできない。

「さあな」

ラスカはやはり素っ気なく、短く返した。彼の横顔を一瞥して、霧嶋は洗い残していた食器へと向かった。

「そうだ、ラスカ、ちょっとテレビつけてくれる？　観たい番組があるから、録画予約しておいてほしい」

「あ？　ああ」

ラスカが席を立ち、ダイニングから続く、リビングのソファベッドに腰掛ける。リモコンを持った彼に、霧嶋はスポンジに洗剤を足しつつ呼びかけた。

「やり方わかる？」

「なんとなくは」

「それじゃ、土曜日の夕方にやってる『アニマル大発見』の予約お願い。今週、カラス特集なんだ」

「あんた……俺を煽ってんのか」

ラスカは苛立ちを滲ませながらも、素直にリモコンをテレビに向け、電源ボタンを押した。明るくなった画面に、自動車メーカーのＣＭが流れる。

『安心と信頼の最先端技術。自動感知システム標準搭載。新型アルエット、誕生』

ラスカの瞳に、つるりとしたボディの自動車が走る映像が映る。

『時代を、世界を、追い越せ。ツキトジ自動車』

「なあ。監視カメラに映ってたの、本当に死んだ奴だったのか？」

ラスカがリモコンを掲げた姿勢で、顔だけ霧嶋を振り向く。霧嶋は流しに視線を落としている。

「うん、それは間違いなかった。でもおかしいよね。秋山さんは車で出ていって、それから戻ってきてないはずなのに、どうして整備工場で死んでるんだ？」

そして霧嶋は、ちらとラスカに目線を送った。

「残留思念、本当に秋山さんだった？」

「こっちも間違いねえよ。つうか、別の人が死んでたら、それはそれで新たな事件じゃねえか」

「整備工場で死んでる秋山さんが、車に乗って出ていった……そんなの、遺体が車を運転したんじゃなきゃ、ありえないよ」

霧嶋は泡まみれのスポンジを握り、唸る。ラスカはリモコン操作を再開した。

「最先端技術で、遺体でも運転できる未来型自動車」

「あるわけないだろ、そんなの」

律儀にツッコミを入れてから、霧嶋ははっとした。

「あっ……いや、ある」

「あんのかよ」

ラスカが気色ばむ。霧嶋は頭の中で、諸々を繋ぎ合わせた。

「僕、秋山さんを殺した犯人、わかったかも」

＊＊＊

秋山梨香子は、夫の帰ってこない自宅アパートで、ひとり閉じこもっていた。夫の携帯は、電源が切られているようである。心当たりを捜し回っても一向に見つからず、梨香子はついに疲れ果ててしまった。ベッドの隅に座り込んで、膝を抱えている。

夫の抜け殻になった部屋で、彼女は日常のひとコマを思い浮かべた。

「ずいぶん帰りが遅いじゃない。どこ行ってたの？」

怒鳴る梨香子に対して、夫、和也は、気まずそうにするでもなくにこにこしていた。

「仕事だよ」

「お店に電話して聞いたわよ。あなた、定時にタイムレコーダー押してるじゃない」

「それは残業隠し。本当は遅くまで仕事してるんだよ。遊びに来る里中だって、そう言ってるだろ？」

疑り深くて神経質な梨香子にも、飄々（ひょうひょう）と受け流すばかりで緊張感を見せない。秋山和也は、そういう性分だった。

そんな彼だったから、自宅の郵便受けに「殺す」と書かれた紙が突っ込まれていようと、やはり平然と笑ってゴミ箱に捨てていた。自分の身も彼の身も心配だった梨香子は、捨てられた手紙を拾い直し、取っておいたのだった。

新婚時代の嫌がらせは酷いものだった。五年経った今はだいぶ落ち着いてきたが、しつこい嫌がらせは忘れた頃に再来する。

その上、夫の和也の帰りは遅い。梨香子の不安は、年々募っていった。

そして現在。梨香子が取っておいた手紙が脅迫罪の証拠となり、警察が動いている。

梨香子は膝を抱いて、鼻をすんと啜（すす）った。もっと早く相談すればよかった。彼女は鳴らない携帯を一瞥し、膝に顔を埋める。

そこへ、インターホンの音が響いた。彼女はどきりとして顔を上げ、よろめきながら立ち上がった。もしかしたら、夫が帰ってきたのではないかと、淡い期待を寄せる。

モニターを覗くと、そこには夫ではない、別の男性が映っていた。

「こんにちは。梨香子さん」

「里中さん！」

梨香子も何度か会ったことがある、夫の先輩メカニックだ。梨香子は玄関へ向かい、扉を開けた。夜九時過ぎの星空、それを背負って立つ里中がいる。

「お休みのところ、すみません」

＊＊＊

刑事課は常に複数の案件を抱えている。翌日の北署にはまた新たな事件の通報が入り、こちらの捜査も急を要した。

一方秋山の捜索は、続いてはいるものの、消極的になってきていた。

モデル時代の梨香子の過激なファンの中から、ネット上で秋山夫婦の誹謗中傷を繰り返していた男が、脅迫の事実を認めた。ただし「いたずらのつもりだった」と話しており、秋山の誘拐及び殺害は否認している。今は同時進行で、その裏付け捜査も進めていた。

また、秋山が激しい夫婦喧嘩をしていたこと、それと退職願を出していたことから、本人の意思による失踪の線が出てきた。おかげで秋山捜索の人数は、再調整された。

霧嶋と藤谷は、秋山が親しかった女性をメインに、聞き込みに向かわされている。いくら調べても、秋山の行方に直結しない情報が増えていくばかりだ。今日もみるみる日が傾き、空は夕焼け色に変わってきていた。

霧嶋は歯痒(はがゆ)さを覚えていた。秋山の失踪は、単なる家出などではない。ラスカの発言が真実であれば、秋山は確実に、職場で殺されて遺体を隠されている。しかしその証拠が、ラスカによる残留思念の目撃証言である。人間の目には見えない証拠では、誰からも相手にされない。

霧嶋が署に戻って捜査資料を整理していると、藤谷が声をかけた。

「秋山さんの大学時代の交際相手がわかった。行くぞ、霧嶋」

工場に出入りしていない元交際相手は、調べても遠回りになる。それよりも、職場で死んだはずの秋山の車が職場を出発しているという謎のほうが、よっぽど重要だ。

「藤谷係長、僕、秋山さんの車の進路を調べたいです」

「はあ？　行き先の心当たりを当たったほうが早いだろ。なに言ってんだ」

たしかに、秋山のコンパクトをピンポイントで捜し出すのは困難だ。仮に近くのコンビニなどの防犯カメラに映っていたとしても、そこから足取りを追うのは無謀である。藤谷は呆れ顔で腕を組んだ。

「それに秋山さんが鬼嫁から本気で逃げてるんだとしたら、足がつかねえように車も乗り捨てる」

「そう、ですけど」

「あのなあ、霧嶋。お前さんの勘なのかなんなのか、いろいろ考えてんのはいいんだけどな。もう少し現実を見ろ。捜査方針は決まったんだ。組織なんだから、従え」

穏やかな藤谷に面と向かって叱られ、霧嶋は子供じみたわがままを言えなくなった。

藤谷が部署を出ていく。霧嶋もついていこうとしたが、背後でコンコンと、硬い音がした。音のほうを振り向くと、窓辺にラスカがとまっており、くちばしでガラスを叩いている。

霧嶋は周囲の様子を窺いつつ、窓を開けた。

「どうした？　もしかして、見つけた？」

迎え入れられるなり、ラスカは辟易のため息をついた。

「見つけた。あんたの予想どおり」

「よし。やったねラスカ」

霧嶋がにやっと笑うと、ラスカは一層不服そうにうなだれた。

「ったく。死神を衛星カメラ扱いする奴、この世にあんたくらいしかいねえぞ」

悪態をついてから、ラスカはふいっと、くちばしをその方向に向けた。

「整備工場からせいぜい一キロ圏内、ナビで場所を指定できるポイント、かつ人けのない場所。東の廃倉庫の中だ」

「そこに秋山さんの車があったんだね」

捜査方針が間違っているとわかっていても、組織に属する霧嶋に単独行動はできなかった。そんな無力な霧嶋に代わって、ラスカは秋山の車を捜し当てたのだ。

「ありがとう。なんでも好きなもの食べさせてあげる」

霧嶋が満面の笑みで、ラスカの頭をぽふぽふと撫でる。ラスカはうっとうしがって手を逃れ、窓から飛び去った。寒空を行くラスカの脳裏に、前日の夜の出来事が浮かぶ。

「自動運転車？」

テレビのリモコンを片手に、ラスカは霧嶋の言葉を繰り返した。洗い物をしていた霧嶋は、こくんと頷く。

「行き先を指定すれば、運転手が操作せずとも、そこへ連れて行ってくれるシステムだよ。アクセルやブレーキ操作が自動化されてて、ハイレベルのものなら信号も検知して勝手に止まってくれるんだ」

自動運転技術。世界のメーカー各社が開発・導入を進める最先端技術である。安全運転を補助する程度の仕組みのものから、運転者がほとんどなにも触らずとも走る完全自動のタイプまで、日々進化を続けている。

「ツキトジ自動車は、この分野で最高レベルの技術を持ってる」

秋山のコンパクトは、彼の勤め先であり、ツキトジ自動車の正規ディーラーであるツキトジモータースで契約している。これはまさに、自動運転システムを搭載した新型車だった。

「犯人は秋山さんを社内で殺害したあと、彼の車の運転席に乗せ、自動運転で店から出発させた。秋山さんが運転してるように見えるその姿を、カメラに映したんだ」

霧嶋は水を止めて、タオルで手を拭いた。

「ただし、国内で実用化されてるレベルでは、まだ完全自動じゃなくて、運転者の補助が必要だったはず。ハンドルを握れない遺体では、そう遠くまでは行けないはずだ」

「じゃあ、店からさほど離れてないところに、秋山の車がある？」

「そうだね。なおかつ、システムで行き先として指定できる場所で、人の目に触れにくい場所。ラスカ、心当たりは？」

霧嶋に問われ、ラスカは鳥瞰で見た市内の景色を思い浮かべた。

「いくつか思い当たる」

「よし、そこを調べてきて。僕は捜査方針に従うから、自由に動けない」

そう言って、霧嶋はラスカに捜査を委託したのだった。

その翌日の夕方。ラスカが秋山の車を見つけた。飛び去るラスカの影を見送る霧嶋のもとへ、藤谷が戻ってきた。

「おい霧嶋、いつまで待たせる気だ」

「藤谷係長！　今、匿名で通報がありました。秋山さんの車が見つかりました！」

霧嶋がにっこり笑って振り返る。藤谷は、口をあんぐりさせた。

「なんだと？」

＊＊＊

それからの捜査本部の動きは、素早かった。

「岩浪肇さん。家宅捜索の令状が出ています」

藤谷が落ち着いた声色で、令状を突きつける。自宅に現れた警察を前に、店長の岩浪は、目を見開いて凍りついていた。藤谷が低く、ゆっくりと伝える。

「秋山さんの車のドライブレコーダー。あなたの姿が映っていましたよ」

ラスカが秋山のコンパクトを発見したあと、火がついたように捜査が進んだ。搭載されていたドライブレコーダーのデータは消されていたが、鑑識が復元した。そこにはたしかに、岩浪の姿が映り込んでいたのだ。

自動運転で秋山の車を放り出した岩浪は、その後、納車用の車で秋山の車を追った。自動運転で勝手に店からいなくなってくれるとはいえ、行き先にそのまま放置するわけにはいかない。秋山の車から納車用の新車に遺体を移し、秋山の車は廃倉庫に隠した。そして納車前に遺体を山に遺棄して、客に新車を納め、店に戻った。

郊外に建つ一軒家である岩浪の自宅は、中が酷く荒れていた。建物の中には家族はおらず、酒に酔った岩浪しかいない。凶器や犯行の計画性を示す手記などを差し押さえるべく、散らかって掃除も疎かな室内に、十人程度の警察官が入った。

霧嶋は庭の倉庫を調べに、ひとりで外に出ていた。夜の空には、ナイフのような細い月が浮かんでいる。白い息が夜の闇に消える。倉庫の戸を開けた霧嶋の上から、声が降ってきた。

「これで終わんのか」

見上げると、隣の家の屋根に、ラスカがいた。といっても、夜の姿、人間の体になっている。霧嶋は目を疑った。

「びっくりした。そっちの姿でも、そんな高いところにいるんだ」

「死神は身軽なんだよ」

そう言われて、霧嶋は新月の夜を思い出した。名前を呼んだ直後に現れたラスカは、人間の身体能力では考えられない動きで立ち去った。あれは見間違いではなかったのだ、と霧嶋は今更思った。

屋根に座って脚を投げ出しているラスカは、髪も服も黒いせいで、夜の闇に擬態している。

「そんで？　もうこれで終わんの？」

「これから取り調べがあるし、調書も作るし、しばらく忙しいよ」

「いつになったら美味いもん食わせてもらえんだよ」

ラスカが膝に頬杖をついて舌打ちする。苛立つ彼を見上げ、霧嶋はふっと笑った。

「ちゃんとお礼するから」

星がちらちらと瞬く。ラスカは、屋根に手をついて、肩の力を抜いた。

「あんたの想像どおりだったな。殺したのは店長だった」

「うん。秋山さんの車が店を出た直後に出かけてるっていうのが、いちばんの決め手なんだけどね。その前に、紬ちゃんと話してて『もしかして』って思ったんだ。仮に秋山さんが、本当は退職願なんか出してなかったとしたら……」

夜風が吹いて、霧嶋のコートの裾を僅かに膨らませる。

「退職願を偽造できるの、店長だけだったなって」

秋山の退職願は、店長に手渡されていた、と聞いている。店長以外のスタッフがわざわざ退職願を見る機会はない。あるとすれば本社の人事関係や役員になるが、その本社とも話し合いを進められていないと語っていた。秋山と会社の関係を切りたいがために、文書を偽造していたのだ。

家の中から複数の刑事と、それに囲まれた岩浪が姿を現した。

「くそ、なぜ私が。なんで私が……！」

うち震える岩浪の手には手錠が嵌まり、それをスーツのジャケットで隠している。

「最初からあの若造が悪いんだ。こっちは妻と娘に逃げられたっていうのに、あいつはいつも幸せそうにニコニコニコニコしやがって」

「静かにしろ」

警察官に睨まれても、岩浪はひとり言のように文句を垂れ流し続けた。

「調子のいい奴だから周りは皆騙(だま)されて、あいつをちやほやする。バカな客どもからも評判がいい。あいつが私のぶんの幸福も全部盗んでるんだ。逮捕するならあいつだ。人のものを盗んだんだ」

パトランプの赤い光が、岩浪の据わった目を照らす。

「おまけに『妻が心配するからサービス残業したくない』なんて言いだしやがった。なにが妻だ。私は家族を犠牲にして仕事をしてきた。女も女だ、職場に電話なんかかけてきて、夫婦揃ってクズだ」

「静かにしろ！」

岩浪がパトカーへと引っ張られる。霧嶋はその影を遠巻きに見ていた。人は見た目以上に、腹の中に闇を抱えている。初めて会ったとき、霧嶋の目には、岩浪は普通の疲れたおじさんに映っていた。しかしそんなおじさんも、胸の内では自己中心的な被害妄想と幼稚な自己愛を拗(こじ)らせ、捏(こ)ね回していたのだ。

ふと、隣からスタッと、軽やかな音がした。見ると、屋根から降りてきたラスカが、霧嶋の横に立っている。

その目を見て、霧嶋はぞっとした。暗闇の中でもわかる。嫌悪のような軽蔑のような、様々な感情の入り混じった目だ。

無言のまま岩浪のほうへと向かっていくラスカに、霧嶋は直感的に危機感を覚えた。とっさにラスカの腕を摑んで、引き止める。

「なにする気？　やめなさい」

「殴るだけだ」

「やめなさい」

引き止める手に、ぐっと力が入る。霧嶋の呼びかけで冷静さを取り戻し、ラスカは立ち止まった。しばらく奥歯を嚙んで岩浪を睨んでいたが、彼が乗ったパトカーのドアが閉まると、拳を握りしめ、俯いた。

「残留思念……あいつに殺された奴の残留思念、すごく、悲しそうな顔してた」

それを聞いて霧嶋はどきりとした。自分には見えない、死神であるラスカには見えてしまった、死者の表情。

「『悲しみの感情がない』なんて言われてたらしいけど、そんなこと絶対なかった。あの人は、傷ついてたし後悔してた。と、思う」

前髪が影になっていて、下を向くラスカの表情は、霧嶋からは見えない。

「あんたの目には残留思念は映らねえから、関係ないだろうけど。あいつ、なんか腕を伸ばしてて、最初見たときはなんのポーズなのか意味わかんなかったけど……」

霧嶋に摑まれているラスカの腕は、微かに震えていた。

「あれはたぶん、最期に奥さん抱きしめたかった、っていう、気持ちの表れだ」

秋山は浮気などしていなかった。帰りが遅いのは仕事のせいだ。だが梨香子は、秋山の退勤時間を確認するために店長に電話をかけてしまうほど追い詰められていた。

連日のサービス残業、浮気を疑う妻、秋山は顔は笑っていても、心で泣いていた。そして、妻を安心させたかったのに最期まで叶わなかったその気持ちが、残留思念となってその場に留まった。

「それなのに、あの店長、あんな身勝手な理由でそいつを殺した」

「ラスカ……」

死神には、死者の最期の心の形が見えてしまう。だからラスカは、失意の顔で死んでいった秋山に、霧嶋以上に感情移入してしまう。

死神なのに、人間よりもずっと、〝死〟に対して感情的だ。

霧嶋はラスカのそんな一面を知った。

＊＊＊

後日、ようやく落ち着いた休みを貰えた霧嶋は、夕食にラスカを招待した。

「いやあ、昼までぐっすり寝ちゃった。ごはんも作ったし、こんなに充実した休日は久しぶりだ！」

今夜のメニューはラスカのリクエストで、回鍋肉である。ラスカはダイニングテーブルに箸を並べている。そこへ大皿を運び、霧嶋は聞いた。

「なんで回鍋肉？」

「和食、洋食ときたから、次は中華かなと」

「いいねえ。次はなににしようか」

すでに〝次回〟があると見込んでいる霧嶋は、普段以上にふわふわと笑っており、機嫌がよかった。

あれから岩浪は署に連行され、取り調べを受けた。犯行の動機は、一方的な逆恨みである。岩浪は、自分が失った全てを手に入れている秋山へ、日に日に憎悪を募らせていたのだった。

メカニックの予定表を見て、秋山が最後まで整備工場に残る日を狙って、犯行可能な時間に納車の予定を組み込んだ——計画的な犯行である。

事件の夜、岩浪が様子を見に行くと、秋山は洗車機の最終点検をしていたという。作業をしながら、彼は言った。

「俺の帰りが遅いから、妻に浮気を疑われるんですよね」

秋山が笑いながら話すせいで、相談というより惚気のように聞こえて、岩浪には不快でたまらなかった。

「退勤時間をごまかして本社の目は騙せても、やっぱサービス残業はまずいと思いますよ。売上目標が高すぎるせいでマネージャーも困ってますし、いろいろ見直したほうがいいんじゃないですか？」

冗談のような軽やかさで、秋山が岩浪に本音を零す。そのフランクさ、そして図星を突く指摘に、岩浪は頭に血が上った。

計画を遂行するのに、躊躇はなかった。

秋山の口を養生テープで塞ぎ、悲鳴を封じる。そして洗車機の横に垂れていた散水ホースを手に取って、秋山の首を絞め付けた。

突然絞め上げられ、秋山はホースを掴んで抵抗した。だが声を上げられないせいで、事務所にいるマネージャーにSOSが届かない。周囲の店も閉まっており、人は通らない。物音に気づいたのは、工場の裏のねぐらで寝ていたスズメだけだった。

弱っていく秋山をギリギリと絞め上げて、岩浪は彼の耳元で呪詛を唱えた。

「お前は十分満たされているのに、まだ文句があるのか。若手のくせに、店長に意見するのか。俺が同じことをすれば白い目で見られるのに、お前はなんで、それが許される？」

岩浪は、秋山の全てが気に入らなかった。

やがて秋山が息絶えた。岩浪は秋山のポケットから車の鍵を抜き取り、秋山の車の運転席に遺体を乗せた。首を絞めた痕が防犯カメラに映らないよう、マフラーで隠した。単なる行方不明なら、警察は真剣に捜さない。退職願を偽造して遺体を隠し、失踪に見せかけるのだ。ロッカーから手荷物も回収した。幸い秋山は、残業隠しのためにすでにタイムレコーダーを押している。自動運転がうまくいき、合流し、秋山の車のドライブレコーダーのデータを消去する。

その後、遺体を納車前の新車に積み込んで遺棄した。

「梨香子さんのストーカーから脅迫状があったのは、計算外だったんだろうね。それがあったから、警察が動いてしまった」

回鍋肉の香ばしい匂いが立ち込める。霧嶋は複雑そうにそう呟いてから、ラスカにほほ笑みかけた。

「今回もラスカに助けられちゃった。本当にありがとう」

「有無を言わせぬ勢いで押し付けてきておいて……。飯のタネの労働だと思えば、やらんこともないけど」

「うんうん。そうだね」

ラスカはあくまで食べ物に釣られただけだと主張するが、霧嶋にはわかっていた。彼は死神なのに、人の死に寄り添いすぎる。残留思念の顔が見えるせいで、人間である霧嶋よりも感情的になる。秋山の表情を見たラスカは、彼を殺した犯人を放ってはおけなかったのだ。

「あのあと、梨香子さんが話してくれたんだけどね。里中さんが自宅を訪ねてきて、秋山さんの遺品を届けてくれたんだって」

霧嶋はどこかほっとした顔で言った。

「結婚指輪。秋山さん、車の整備中になくさないように、仕事中は外してロッカーに入れてたそうなんだ。店長、それは見落としてたんだね」

皮肉を交える霧嶋を、ラスカはちらりと一瞥した。

「指輪見つけた奴、奥さんじゃなくて警察に持ってくべきなんじゃねえの？」

「あはは、もちろん本音を言うとそうしてほしかったけど。でも里中さん、たぶん、わかってた上で真っ先に梨香子さんに伝えに行ったんだろうなって」

霧嶋がラスカに柔らかに笑いかける。

「指輪を大事にしてること……秋山さんが、梨香子さんをちゃんと愛してること、伝えに行ったんだ」

里中は秋山を移り気で浮気性かのように表現しつつも、本心は違ったのだ。秋山が指輪をなくさないようにしているのを間近で見ていて、彼の梨香子への愛情をきちんと理解していた。

「ちょっと安心したよ。梨香子さんが誤解したままにならなくて、よかった」

霧嶋が小さくため息をつく。ラスカは、残留思念の無念の表情と、妻を包み込もうと伸ばしていた腕を思い浮かべた。彼がいちばん伝えたかった想いが、梨香子に伝わったのなら、少しは救われた気になる。

霧嶋が自身の左手の甲を、ラスカに向けた。

「僕も久々につけたよ、結婚指輪」

薬指にきらりと、細身の指輪が光る。

「いつからつけなくなったのか覚えてないいんだけど、秋山さんの指輪の話を聞いたら、嵌めたくなったんだ」

「ふうん。いいんじゃね」

「あ、テキトーに流した！」

おいしい食事にありついたラスカが、もくもくと回鍋肉の肉を味わっている。霧嶋はその顔に和みながら、交渉に入った。

「ねえラスカ、君、いっそ警察に事情を話して、正式に協力してみない？」

「ん？　なんでだよ」

ラスカが怪訝な顔になる。霧嶋は、今回の例を踏まえて説明した。

「秋山さんが亡くなってるのはラスカの目には明らかだったけど、警察から見たらなんの根拠もなくて、秋山さんは浮気のために奥さんから逃げたと推察された」

霧嶋には違うとわかっていても、どうにもできなかった。

「だから初めからラスカの能力を警察に認めてもらって、特別に捜査協力を依頼できればいいいんじゃないかなと思ったんだ」

現在ラスカは、食べ物を目的に霧嶋個人に協力しているだけである。ラスカの発言は警察には認められないし、警察の捜査資料をラスカに見せることもできない。ここの壁が厚いのだ。

「ラスカにとっても悪い話じゃないはずだ。警察に捜査協力をした民間人には、謝礼がある。それに、仮にその能力が認められて警察に保護される対象になれば、君は外で嫌な目に遭わず、安全な場所で安定した生活を担保される」

こんな特殊な力を持った存在ならば、野良のカラス同様の扱いはされない。死神であると公的な機関に認めさせるのは難しそうだが、それさえ突破できれば、双方のためになる。

しかしラスカは、にべもなく却下した。

「何度言わせる気だ。俺は人間と馴れ合うつもりはない」

「えー！」

「死神の掟（おきて）に抵触する。前にも話したが、死神が人と関わるのは本来は追加懲罰案件だ」

「僕と喋ってるくせに」

「あんたには開き直ってるけど、上界に勘づかれなければギリセーフってだけ」

ラスカの箸が、タレのたっぷり絡んだキャベツを掴む。

「だけどさすがに、警察なんて公的な機関と組んだら、上界にバレる。そうなったら俺は懲罰を追加されて二十四時間カラスにされてしまう」

「カラスのほうがかわいいし便利だし、それでもいいと思うけど……ラスカが嫌なら強要しちゃだめだね」

　せっかく名案を思いついた霧嶋だったが、ラスカ側にも事情がある。

「そもそも民間人である君にこんなこと頼むの自体おかしいしね。さて、次の休日はなにを作ろうかな。和、洋、中……ラスカ、なにがいい？」

　諦めて回鍋肉をつつく霧嶋を、ラスカが真剣な目で見た。

「あんた、俺を食べ物で手懐けたつもりだろうけど、そうはいかねえからな」

　ラスカは静かに、それでいて脅すような威圧感を滲ませた声で言った。

「俺は罪人ではあるが、その前に死神だ。人間のあんたより遥かに上位の存在であることを、忘れるな。俺の持つ超人的な力は、その気になればあんたの人生を一瞬で脅(おびや)かせる」

　ラスカにも死神のプライドがあった。ゴミを漁るよりはマシだが、人間に施しを受けていいように利用されるのも、自尊心を傷つける。

「協力すんのも『今回だけ』っつったろ。死神は、人間のための便利ツールじゃねえんだわ」

　ラスカが釘を刺す。霧嶋は、口の中でタレの味を噛みしめていた。

「ん？　僕はただ、君に料理を振る舞いたいだけだよ？」

　緊張感のない声で言って、彼はほんわかと目を細める。

「たしかに助けてもらったけど、今後も来てほしいっていうのは、取引のつもりじゃなくて。僕は単に世話好きで、誰かに料理を作るのが好きなんだ。これからも付き合ってくれると嬉しいな」

「えっ？　は？」

期待どおりの反応はしてくれない霧嶋に、ラスカは困惑した。霧嶋はラスカの食い気にご満悦である。

「ちょうどいいじゃないか、君、いつもおなか空かせてるし。僕も、誰かに食べてほしい。紬ちゃんしか来てくれないの、寂しいんだよ」

ラスカは毒気を抜かれた。

霧嶋は損得勘定なしに、ただちょうどいい腹ペコカラスを見つけたくらいの気持ちで、ラスカを呼んでいたのである。ラスカとしても、いい餌場を見つけたことは事実だった。一方的に威嚇してしまったラスカは、決まり悪そうに霧嶋から目線を外した。

「……そんなに他人に食べさせたいなら、もう店開けよ」

「ははは。警察引退したら、そうしようかな」

霧嶋は楽しげに笑い、付け足した。

「警察やってるうちは、また捜査に協力してもらうかも。君だって僕といれば、効率的に残留思念を見つけられるんじゃない？」

そう言われ、ラスカはなるほどと思った。たしかに、危険と隣り合わせの刑事のそばにいれば、一般的な日常よりも残留思念と遭遇しやすい。霧嶋は改めて言った。

「取引とかじゃなく、友人への聞き込みの一環として。協力してほしいな」

「仕方ねえな」

返事をして回鍋肉をひと口味わったあと、ラスカははっとした。

「いや、友人じゃねえぞ。死神のほうが上位存在だって言っててんだろ」

「ううん、対等な友人としてよろしく。便利なカラスさん」

霧嶋も、こんな〝便利なカラス〟を手放したくない。あからさまに挑発した彼に、単純なラスカはカッと牙を剥いた。

「カラスじゃねえし！　あんた、人畜無害の優男っぽい雰囲気出しといて、実は結構性格悪いだろ」

不敵に笑う霧嶋には敵わない。ラスカの死神のプライドは、少し傷ついた。

file. 3　死神の捜し物

　この市には、東西を分断する大きな川が流れている。河川敷はハシボソガラスの生息地であり、ここで草の実を啄む姿が頻繁に見られていた。

　夜十時。川に架かった橋の歩道で、ラスカはまばらに行き交う車を眺めていた。この橋は街路灯が少なくて暗い上に、古くて道も狭い。数年前に、数キロ下流にアクセスがよくて明るい新しい橋ができてからは、こちらの橋はほとんど使われなくなっていた。

　白い息を吐くラスカに、声がかかる。

「ラースカ。ラッちゃーん、お待たせ」

　涼しげで飄々とした、耳慣れた声だ。ラスカは周囲を見回したが、主の姿は見えない。

「ふふふ、ここだよ、ここ」

　肩をトントンとつつかれ、振り向く。いつの間にか、その人物はラスカの真横に立っていた。褐色のショートカットの、スタイルのいい女性である。突如出現した彼女に、ラスカはびくっとして一歩後ずさりした。ショートカットの女性はラスカの反応を面白がる。

「呼びつけてきたのはあんたのほうなのに、そんなびっくりする？」

「体を透過して声かけるのは意地が悪いぞ、フロウ」

「あはは、ごめんごめん。私は普段から姿を消してるから、これがデフォルトなんだよ」

ラスカに呼びつけられてやってきたこの女性――フロウもまた、ラスカと同じ死神だった。

冷たい風に吹き付けられ、ラスカの長い前髪が横に流れる。フロウは顔にかかった横髪を耳にかけた。

「それにしても、河川敷の橋が待ち合わせ場所って。ハシボソガラスが板についてきちゃってない？」

歩道の手すりに寄りかかり、フロウがラスカを鼻で笑う。

「私もあんたのとばっちりでフクロウにされたけど、さっさと仕事をこなしてもとに戻してもらったわよ。あんたと違って優秀だからね」

「とばっちりじゃなくて、あんたはあんたでやらかしてんだろ」

ラスカは手すりに腕を乗せて、フロウから目を背けた。

死神には、三つの掟がある。

ひとつ。『生命を冒瀆してはならない』。これは死神が他者の命を蹂躙しないために作られたルールである。三つの掟の中でももっとも重大なもので、残留思念を効率的に回収するために故意に人を殺めるような死神には、重い罰を科せられる。

ふたつ。『人間社会から孤立しなくてはならない』。人間に情が移ると、業務に支障をきたすからである。残留思念の回収のためにやむを得ない場合を除き、必要以上に人間と接触してはいけない。

三つ。『残留思念は、発見者が責任を持って回収しなくてはならない』。残留思念は、残り続けて悪いものへと変貌する前に、早急に対処すべきものだ。見つけた死神が対処し、そして彼らが迷わないように完全にあの世へ送り届けるまで、摑んだ手を離してはいけない。

また、他の死神に業績の不正な譲渡が行われないよう、発見者が責任を負うルールとなっている。

フロウが犯した罪は、この三つ目の掟の違反だった。

「懐かしいな、もうすぐ一年か。ラスカの業績が悪すぎて、私が余計な世話を焼いたのは」

ラスカは死神のくせに、残留思念に感情移入してしまう悪癖があった。おかげで残留思念と関わるのが億劫（おっくう）で、あまり積極的には仕事をしていなかったのである。

彼の業績の悪さを心配した同僚死神のフロウは、その日、見つけた残留思念を敢（あ）えて回収せず、ラスカを呼んだ。

「交通事故を見かけた。残留思念、あんたに譲ってやってもいいわよ」

「おい、それ掟破りじゃ……」

「バレなきゃセーフセーフ。私はあんたを心配してやってんのよ」

その会話の現場が、この橋だった。橋の下を流れる川に佇む女の残留思念は、発見したフロウではなく、あとから呼ばれたラスカが回収した。

しかしのちに、これが上界に伝わってしまった。掟を破った死神には、裁判が行われる。悪質性を審議され、相応の罰をくらう。罰の種類は主に、本来の姿を奪われて仮の体を与えられること、それと死神としての能力の制限である。

フロウは一日六時間、昼の時間だけ夜行性のモリフクロウの姿にされ、行動を制限された。加えて、人の姿のときは高い跳躍力や俊敏性などの身体能力を奪われ、真人間程度の動きしかできなくなった。ラスカは一日十二時間カラスにされ、そして死神なら自然にできる体の透過能力を剝奪された。

「でも掟なんて破っても案外バレないものなのに、あんたがポカやったせいで、芋づる式に私までバレたんだからさ。実質とばっちりじゃない？」

フロウは暴論でラスカのせいにして、それからいたずらっぽく笑った。

「私は仕事をバリバリこなして業績稼いで、刑期満了まで漕ぎ着けたからもういいけど。あんたはどうせ、残留思念相手に感情的になって、効率よく動けないんでしょ」

そう図星を指され、ラスカは不愉快そうに眉を寄せた。言い返せなくて無言になるラスカを、フロウはやや辟易した口調で諭す。

「残留思念なんか、終わったものの残骸よ。無念を晴らそうが慰めようが、それ以上は感情が動かない。そんなものにいちいち心を痛めてどうするの」

それは、ラスカも重々承知している。それでも、残留思念から感じ取れる悲哀、恐怖、苦悶に、押し潰されそうになる。フロウも、ラスカがそういう性格なのを知っていた。

「行くべき場所へ早めに連れて行ってあげるのが、死神にできる最大の優しさなの。いい加減受け入れて、真面目にやりなさい」

　フロウは要領のいい死神だった。彼女とて、残留思念から感じる巨大な感情に動揺しないわけではない。ただ、うまく割り切れるだけだ。

　彼女は普段から、姿を透過できる能力を活用し、人間社会の中で空気として生きていた。姿を見せず、存在しないものとなれば、自分も人間を障害物としか感じなくなる。残留思念とも、ドライに接することができる。深く考えすぎずに淡々とこなせば、ラスカのように思い悩まなくて済むのだ。

　ラスカは川面に浮かぶ月の影を睨んだ。

「うっせえ、わかってる。あんたの説教を聞くために呼んだんじゃない」

　水面の月は、ゆらゆらと歪んでいる。

「あんたが俺に回収させた、あの残留思念について聞きたい」

「ん？」

　ぶんと、車が車道を通り過ぎた。ライトに照らされたラスカの瞳が、フロウを射貫く。

「川に落ちた女の残留思念。というか、生きてた頃のその女について」

「言ったそばから。終わったものの残骸に固執してないで、次の仕事に向かいなさいよ」

　うんざりとため息をついて、フロウは大きな目を閉じた。ラスカは気にせずに問う。

「あんたは『交通事故を見かけた』って言ってたが、女の残留思念は川にあった。あれはどういうことだ」

「んー、なんでそんなのが気になるのか、わけわかんないけど……」

どう言ってもラスカは引っ込まないだろうと、フロウは受け入れた。呆れつつも、素直に応じる。

「私が見つけた時点では、たしかに交通事故だったんだよ。で、これは死ぬぞと見込んだから、あんたを呼んだ、つもりだった」

「それなのに、残留思念は川に。それってつまり……」

また一台、車が通り過ぎる。その勢いで、ラスカのコートの裾が浮かぶ。

「死んだ女は、勝手に転落したんじゃなくて……川に落とされたのか？」

「さあね。あんたを呼んで戻ってきたら、そうなってた」

フロウは多くを断定的には話さなかった。だが、ラスカでもわかる。つまりそれは、女をはねた車があり、その運転者が女を川に捨てた、という式が成り立つ。

「事故を起こした車がどんなだったか、覚えてるか」

ラスカの神妙な面持ちが、細い月に照らされる。フロウはますます、彼が心配になった。

「そんなこと気にしてる暇があったら、仕事しなさいって。まあ、私もあの事故の光景は、忘れられずにいるけどさ」

＊＊＊

自動車ディーラーの事件解決から、二週間が経過した。とある木曜日の昼間、北警察署の裏の公園には、ベンチに座る霧嶋と、その脇にカラス姿のラスカがいた。

霧嶋はランチバッグを持っており、ラスカはそれを見て首を傾げた。

「今日はコンビニで買ったものじゃねえのか」

「そう。気が向いてね」

霧嶋はにんまり笑うと、持ってきていたランチバッグを開けた。弁当箱ともうひとつ、小さめの保存容器が入っている。霧嶋は保存容器の蓋を開けて、ラスカに見せた。

「ラスカにお弁当持ってきたよ！」

中身は角切りにしてトースターで焼いた食パン、同じく小さめに切って炒めた鶏肉である。ついでに、ミックスナッツとドライフルーツも用意した。ラスカはくちばしを半開きにし、羽毛を逆立てた。

驚いているラスカの反応を見て、霧嶋はなおさら、上機嫌になった。

「見た目がカラスだからって、パン屑ばかりじゃかわいそうだからさ。かといってカラスの体だと箸を持てない。というわけで、くちばしで啄んで食べやすいものを作ってみました」

「あんた、なんだかんだ気が利くよな」

ラスカは嬉しそうに保存容器に顔を突っ込み、カリカリのトーストを啄みはじめた。

昨晩、霧嶋はふと、ラスカに栄養価の高いものを与えたら、羽艶がよくなるのではないかと思い立った。ラスカの真の姿が青年の体であるのは、いい加減霧嶋も受け止めた。とはいえ、昼間に見る彼の姿にも愛着が湧いてきている。彼はラスカつやつや計画を遂行すべく、早起きしてこんなメニューを作ってきたのだ。そしてラスカに作ったついでに、自分の昼食の弁当まで作り、ここで食べているのである。

ディーラーの事件以来、大きな事件は起きていない。ありふれた日常の中、霧嶋はこうして、特に用事もなくラスカに会いに来ていた。霧嶋には、ラスカと他のカラスの見分けがつかない。だがこの公園を訪れると、ラスカのほうから食べ物を貰いに寄ってくるのだ。

「明日は金曜日だね。パンの移動販売車が来るよ」

霧嶋が膝に載せた弁当箱から、玉子焼きを取る。ドライ白桃を咥えていたラスカが、彼を見上げた。

「新作のシチューパイ。あれ、食べたい」

「了解。明日はそれを買おう」

ラスカは警察署に来る移動販売車を、時折覗きに行っていた。車の屋根にとまってみたり、周辺を歩いてみたりはするが、カラスの体では買い物ができない。しかしもとの体に戻れる夜の時間には、販売車はもうとっくにいない。

カラスの体では自由が利かないラスカは、この頃、自分のしたいことを霧嶋に代行させる知恵を得た。ラスカが再び、保存容器にくちばしを入れる。

「あと、ハムと玉子のサンドイッチと、ベーコントマトピザも」

「カラスの体じゃ、一度にそんなに食べられないでしょ。まとめて買っておいて、夜に渡してもいいけど、どうする？」

「焼きたてがいい」

「それもそうだ。じゃあもう早く刑期を終えて、もとの体に戻るしかないね」

他人事（ひとごと）っぽく言って、霧嶋は温かいお茶を啜った。

冬の空気は冷たいが、今日は日差しが暖かい。葉の落ちた気の揺れる音が、さわさわとこだまする。霧嶋は弁当箱の煮物を箸で摘まんだ。

「お弁当をわざわざ自分で作って持ってきたの、いつ以来かな。すごく久しぶりな気がする」

「そうなのか？　あんた、料理好きなのに」

ラスカが保存容器の中で言う。霧嶋は、記憶を遡った。

「千晴さんに作るついでに自分のも作ってたから、少なくとも千晴さんがいた頃が最後だ」

「ああ、例の奥さん」

「うん。作らされてたんじゃないよ、僕が作りたいから作ってて、千晴さんに付き合ってもらってたんだ。作るのも好きだし、『おいしかった』って言ってもらえるのも嬉しいから」

当時の日常は、今でも色鮮やかに思い出せる。

「それに千晴さんはとにかく朝に弱くて、お弁当なんて作ってる場合じゃなかった。毎朝二度寝する。そういうところが好きなんだけど。千晴さんみたいな人が安心して眠れる日々を守るのが、僕ら警察の仕事だしね」

霧嶋は懐かしそうに言うと、ラスカの保存容器を一瞥した。

「久しぶりだったよ、お弁当作ったの。ラスカのそれは、当時作ってたものとは全く違うけど」

「そうかよ。また作らせてやってもいいぞ」

生意気を言い、ラスカはくちばしの先でドライパパイヤを摘む。微風で羽の先が僅かに震えている。

保存容器の底にくちばしの先が当たる音、こんがり焼けたトーストの転がる音が、霧嶋の鼓膜を擽る。音が吸い込まれるような静けさの冬の公園では、この微かな音色が心地よかった。

しかし、そんなまったりした昼休憩は、霧嶋の鞄で唸りだした携帯の着信音に阻害された。画面に表示された名前は、藤谷。

「霧嶋、早く戻ってこい！　遺体だ！」

藤谷の声が物騒な案件を告げる。電話を受けた霧嶋と、漏れていた音が聞こえたラスカは、互いに顔を見合わせた。

＊＊＊

「で、その埋められてたおっさんの残留思念を、俺に捜せと」

後日、夜。青年の姿に戻っているラスカは、霧嶋宅のダイニングテーブルで、頬杖をついた。霧嶋は彼のリクエストのままに肉じゃがを差し出す。

「話が早くて助かる」

市街地から約十キロ離れた郊外の雑木林で、遺体が見つかった。発見したのは雑草の研究をしている大学生チームで、土が不自然に掘り返された跡を見つけ、そこから男の遺体を発掘したのだった。

「さて、これは捜査情報だから、ひとり言なんだけど」

きな臭い前置きをしてから、霧嶋は携帯の画面をラスカに見せた。携帯のカメラで撮った、被害者の運転免許証の顔写真である。

「遺体の身元は、産業廃棄物処理業者の経理部長、赤城宗次郎（あかぎそうじろう）」

赤城は市内に住む五十四歳の男性で、先週金曜日には通常どおりに会社へ出社したが、休み明けの月曜日以降、連絡もなく欠勤していた。そして木曜日、遺体で発見された。

「死亡推定時刻は、土曜日の午後七時頃。死因は失血死。遺体は、喉に凶器のナイフが刺さったままの状態だった」

ラスカは赤城のグロテスクな姿を想像して、眉を寄せた。

「凶器、刺さったままなのか。それが誰のナイフなのかで、犯人わかるもんじゃねえの？」

「それがね、このナイフ、赤城さんの指紋しか検出されないんだ」

ナイフは間違いなく、赤城の自宅キッチンから持ち出されたものだった。ラスカは状況をイメージしつつ返す。

「ふうん。自分のナイフで死んでたんなら、自殺……いや、本人が死んでるのに埋まってたんなら、違うな」

「遺体は仰向けで見つかったけど、体の側面にも死斑が出てた。死亡後少なくとも一時間近く、横向きに寝かされていたんだと推測されてる」

死斑とは、体の中で流れが止まった血が、重力に任せて沈んだことでできる痣である。仰向けで死亡したのであれば、血は重力で背中のほうへ向かって落ち、背面に死斑ができるはずなのだが、不自然な場所にできていたとなれば、それは死後に体を動かされた証拠なのである。

霧嶋は大きな瞳でラスカを眺め、まばたきをした。

「さらにもうひとつ、奇妙な点があってね。左手だけ、親指から小指まで、全部の指先が削ぎ落とされてたんだ」

霧嶋の言葉に、ラスカは箸を止めた。気味悪そうに顔を顰める彼に、霧嶋は平然と続ける。

「第一関節より上だけ、爪を剝がすような感じで刃物で削ぎ取られてる。で、その切られた指は、遺体のそばからは見つからなかった」

「気持ち悪。食事中にする話じゃねえな」

ラスカが肉じゃがを箸で取り、息を吹きかける。霧嶋はそうだねと頷いた。

「真っ当だねラスカ。死神なのに、まともな神経してる。でね、この状況から、警察はこう推理した」

霧嶋は、肉じゃがをはむっと口に入れ、飲み込み、マイペースに語った。

「赤城さんが誰かを脅そうとして、ナイフを持ったまま揉み合いになって、自分に刺さった」

ナイフは赤城のものだったのだ、なんらかの目的のために自分で持ち出したと考えられる。誰かをナイフで脅そうとし、反撃されて手元を押し返され、刃が自身の喉に向かったのだ。

「それなら、左手の爪を持っていかれてるのも説明がつく。揉み合いになれば、赤城さんの爪に被疑者の皮膚片が残る。それを警察に見つけられないように、爪ごと切り取った」

切り取った指先は、どこかに捨てて自然に還してしまえば、証拠隠滅を図れる。ラスカははあ、と感嘆した。

「だとしたら、その切り取られた指を見つければ、爪に残ったＤＮＡから、犯人を捜せるな」

「推理の段階だけどね。全く違う理由で指を削いだのかもしれないし、あくまでこれは僕らの想像」

霧嶋が温かいお茶に息を吹きかける。

赤城宗次郎の不可解な死から、捜査本部を設置した大掛かりな捜査が始まった。赤城の携帯の通話履歴や、彼の職場をメインに、聞き込みに奔走している。

「それにしても、人を脅すような奴なのか、その被害者は」

ラスカが聞くと、霧嶋はじゃがいもを箸で割り、ため息をついた。

「赤城さんは、人間関係にトラブルが多い人でね……殺害の動機がない人のほうが少ないんじゃないかってくらい、あっちこっちで恨みを買ってるんだ」

職場での態度は横暴で、部署内外からの評判は最悪。取引先や社内に出入りする外部業者とも揉めごとを起こしていた。つい先日も、経理業務でやりとりしていた税理士事務所を巻き込んだトラブルが発生した。

こんな傍若無人な赤城だが、中小企業という風土のせいもあり、上の人間も黙認している。プライベートの面でも、家の近隣住民とも度々問題を起こし、さらには通っていた風俗店での行いの悪さが祟り、出禁にされている。

ラスカが柔らかく煮込まれた肉を箸で拾う。

「なんでそんな、わざわざ人に嫌われるようなことばかりするんだ？」

「そういう人なんでしょうねえ」

霧嶋はそうとだけ答えた。ラスカがふうんと鼻を鳴らす。

「たしかに、なんかでっけー問題を起こして、揉み消すために相手を脅すくらいしそうな奴だな。ただ敵が多すぎて、誰が脅されてても不思議じゃない、と」

「そう。ひとまず関係者を片っ端から調査。より関係の深い人から、アリバイを確認中。DNA型も集めながらね」

赤城の遺体には、死斑しか手がかりが残されていなかった。遺体の発見場所が屋外なのもあって、遺留DNAが見つからないのだ。

こんな謎の残された遺体だが、ラスカが残留思念を見つければ、赤城がどこで殺されたかが判明する。それによって、被疑者はぐっと絞られる。

霧嶋は改めて、ラスカの顔を見た。

「調べてる限りでは、今のところ半分くらいの候補はアリバイが成立した。残りはまだグレーあるいは未調査だけど、とりわけ黒寄りの人が三人いる」

ラスカは肉を口に含み、もぐもぐしながら聞いている。

「まずひとりは、赤城麗子さん。亡くなった宗次郎さんの、別居中の奥さん」

赤城の妻、麗子は、夫とは五年程前から別居している。現在は市内のマンションで大学生の息子とふたり暮らし。夫から求められている離婚には、応じる気配がない。

「離婚してほしくて脅した……というのは、動機として弱い気もするけど。それはさておき、離婚しない理由は、主にお金の関係みたいなんだよね」

「死ねば、保険金と遺産が手に入るわけだ」

ラスカは言葉を選ばず言った。犯人にはもとから赤城に対して殺意があり、赤城はそれに立ち向かおうとして、結果揉み合いになって自分の喉を突き刺した、とも考えられる。

霧嶋はわかめの味噌汁の器を手に取る。

「ふたり目、雁屋幸彦さん。赤城さんの古くからのご友人」

雁屋幸彦と赤城は、学生時代からの付き合いだった。雁屋は事業に失敗し、借金を抱えている。

「赤城さんは、雁屋さんにお金を貸していた。雁屋さんからの返済はずいぶん滞っていたみたいで、携帯の発信履歴を見ても、ものすごい頻度でかけてる」

金を返せと脅した可能性は、十分ある。

「こいつも、赤城が死ぬと得をするな。借金を踏み倒せる」

これまたラスカは、ストレートな言葉を使った。つまり彼も、赤城を殺そうとして、赤城が反撃しようとナイフを持ち出した、という構図が無理なく成り立つ。

霧嶋は咳払いし、続ける。

「電話は毎日、深夜にかけてた。藤谷係長は、『取り立てと嫌がらせを兼ねていて、メンタルを追い込むつもりだったのかも』って言ってた」

眠りを妨害され続けて、感情の制御が鈍っていた可能性がある。

「三人目は土屋龍文さん、赤城さんの部下。赤城さんよりも歳上で、過去に赤城さんに重大なミスの濡れ衣を着せられて、出世レースから外れてしまったそうだ」

　土屋は赤城より一年早く入社した、先輩社員である。赤城は土屋の社内評価を貶め、自分は立場を得たのち、自身よりも立場が低くなった土屋を日常的にいびっていた。

「つい最近も、赤城さんが大事な書類を捨てちゃって、その尻拭いをさせられたらしい。土屋さんの同僚曰く、土屋さんは相当参ってて、『殺してしまいたい』とぼやいていたと」

　この人物もやはり、赤城殺害を企ててもおかしくないのだ。霧嶋の話を聞いていたラスカは、だんだん呆れ顔になっていった。

「赤城、すげえ嫌な奴」

「直球だね、君。ともかくこの三人は、赤城さんに脅されていた、或いは殺そうとして、赤城さんも反撃しようとナイフを持ち出した、というストーリーが成立しやすい」

　霧嶋は重要参考人三人を列挙したのち、改めてラスカの瞳を覗き込んだ。

「残留思念、捜してくれる？」

「残留思念が残ってるとしたら、その場に放置はできないからな」

　赤城の人柄が気に食わないラスカは、あまり気乗りしなかった。

＊＊＊

　翌日、霧嶋と藤谷は、赤城の勤務先と取引のあった税理士事務所を訪れていた。

「赤城さんは……そうですね、こういってはなんですが、少し威圧的な……ええと、リーダーシップ溢れる強気な印象の方でした」

所長の税理士、水沢は、ラスカとは違って慎重に言葉を探りながら話した。三十代ほどの女性である。

霧嶋たちは、赤城の会社関係の知人に聞き込みへ回っていた。

この水沢税理士事務所は、所長の自宅を兼ねた小さな事務所だ。中小企業を取引対象とした規模であり、職員は所長本人と、補佐を務める事務員が数名いるだけである。赤城との接触はまだ回数が少ないはずなのだが、すでに赤城に対する印象はよくない様子だった。

「赤城さんのもとへご挨拶に伺った際、部下の土屋さんに怒鳴って……いえ、大声を出していらして、周りの方も誰も止められないご様子で。そんな第一印象でした」

事務所はきれいに片付いている。窓から差し込む日差しの中で、水沢は当時を思い浮かべながら話す。メモを取る霧嶋を横目に、藤谷は水沢に質問した。

「集中的に攻撃されているのは、土屋さんだったと?」

「そうですね、私の見る限りでは。つい先日も、振込と領収が一致しなくて問い合わせたところ、赤城さんは、土屋さんが領収書を紛失したのだとお怒りでした」

それを聞いて霧嶋は、赤城の書類紛失の件を思い出した。赤城が書類を誤って捨てて、そのミスを土屋になすりつけたといった話である。

サンプル数を稼ぎたい霧嶋と藤谷は、税理士事務所の職員全員からＤＮＡ型を採取したのち、事務所をあとにした。覆面パトカーに乗り込んだ藤谷が、シートベルトを締めつつ言う。

「赤城さんは普段から、面倒ごとを土屋さんに押し付けてたみたいだな。今までとは比にならないようなことを押し付けるために、刃物で脅した可能性もあるな」

「今までとは比にならない……なんだろう。犯罪とか？」

「ああ、犯罪を隠そうとして犯罪を重ねた、そうかもな」

臆測にすぎないそんな推理を重ねつつ、次へ向かう。経理処理の上で取引のあった会社、社内に入る外部の業者など、赤城を知る人物を当たり、ＤＮＡを採取していく。

日が暮れる頃、今度は遺体発見現場付近へ向かった。現場よりも手前、薄暗くなってきた郊外の寂れた土地に、古い街路灯が立ち並ぶ。アスファルトに黄色い光を落とすその下には、小さな民家や商店が建っていた。しかし市街地とだいぶ離れたこの辺りは、防犯カメラの設置が少なく、林のほうへ向かう人や車はどこにも記録がない。

ムクドリの甲高い声が降ってくる。焼けてきた空を舞う鳥影を見上げ、藤谷は眉を寄せた。

「死体を埋めに来た被疑者、目撃してる人がいればいいんだが」

「深夜ですからね。見てる人、そういませんよね」

林の方向に向かうほど、人がいなくなり、明かりもなくなっていく。木々の隙間に小さな納屋があったが、つぎはぎのトタンの壁は穴だらけで、長く使われていない様子だった。

「あの納屋、放置されてるように見えるけど……一応、覗いてみます？」

霧嶋が納屋を指差す。藤谷は「関係ないと思う」とぼやきながらも、霧嶋に付き合った。

雑草の茂るぬかるんだ林を進み、ふたりは壊れかけの納屋の前に立った。今にも崩れそうな壁に、大きく凹んだ屋根、もう使われていない、林業家の道具小屋だ。

半開きの扉を押し開けて、霧嶋は「え」と声を漏らした。納屋の中に、十冊は超える漫画と、小さめのクッションが転がっている。

壁に沿って放置された鉈（なた）や鍬（くわ）、資材は年季が入っているが、この場に不相応な漫画とクッションはきれいで新しい。最近持ち込まれたものであると、すぐにわかった。

霧嶋は、転がった漫画のうち一冊を手に取った。人気の少年漫画の最新刊だ。藤谷が顔を近づける。

「おい。これ先月発売されたばっかだぞ。息子が買ってたから知ってる」

「それじゃ、かなり直近でここに出入りしてる人がいたってことですね」

漫画の奥付を見ると、たしかに、発売日は先月である。

「この漫画とクッションを持ち込んだ人、なにか目撃したかもしれませんね」

そんなに都合よく居合わせるとも考えにくいが、今はどんな小さな手がかりでも見逃したくない。藤谷ははあと大きめのため息をついた。

「居合わせてるとは限らないのによ。遠回りしてる気がしてならねえが、無視もできねえか」

署に戻った霧嶋は、調書書きの前に、一旦小休止を取って署の裏の公園へ足を向けた。

相変わらずがらんどうの公園には、ハトが数羽いるくらいである。

「ラスカ」

名前を呼んでみたが、ラスカは来なかった。カラスが一羽、公園の真上を横切っていく。

夕焼け空でカアカア鳴いているそれは、ラスカではない。

霧嶋は白い嘆息を吐いた。考えてみたら、自分からラスカにコンタクトを取る手段がない。死神だからなのかなんなのか、彼は携帯ひとつ持っていないのだ。今まで用があるときには、ここに来ればなんとなく会えていたし、ラスカから霧嶋に用事があればどこからでも見つけて飛んできていた。

霧嶋はベンチに腰掛け、呟いた。

「残留思念、見つかったかなあ」

息抜きに少し話したかったのだが、ラスカは現れない。霧嶋は調書を書きに、おとなしく署へと帰った。今日は赤城の仕事上の関係者の件など、書かねばならない調書がたくさんある。

公園から戻った霧嶋は、署の駐車場に見慣れない青い軽自動車が停まっているのを見た。中からくすんだ紅色のコートの女が降りてきて、そして霧嶋を見つけた。

「警察の人ですか？」

「はい。なにかご用ですか？」

霧嶋が受け付けると、女性は、堂々と言い放った。

「私、赤城宗次郎を殺した犯人、知ってます！」

霧嶋は一瞬事態を呑み込めず、凍りついた。女性の真っ直ぐな目を数秒眺めたのち、声を上げる。

「……ええ⁉」

それから彼女——早坂沙苗（はやさかさなえ）は、取調室へと通された。


早坂沙苗、三十一歳。職業は、不動産管理会社に勤務する派遣社員。赤城との関係は、不倫相手である、と、本人の口から正直に語られた。

「お恥ずかしい話、彼とは十年近く前から不倫関係にありました」

事情聴取を受ける早坂は、滞りなくはっきりと話した。対応を任されたのは、霧嶋と藤谷である。ふたりは彼女の前に椅子を並べて座り、早坂から話を聞いていた。

早坂が言うには、赤城の家に用があって訪ねたところ、近隣住民から彼の死を聞かされたのだという。そして怪しい人物に心当たりがあった彼女は、恥を捨てて警察署に飛び込んだというのだ。

「私は五年程前まで風俗店に勤めていまして、宗次郎さんとはそこで出会いました。店を辞めてだいぶ経ちますが、今も時々、自宅に呼ばれていました」

「本当に？　赤城さんの携帯にあった連絡先には、あなたの登録はありませんでしたよ」

霧嶋が困惑気味に尋ねる。早坂は、それにも即答した。

「関係が関係ですので、どこにも形跡を残さないようにしていたんです。だって不倫相手がいるとなったら、離婚調停で不利になりますし、世間の目もあるので」

彼女は霧嶋と藤谷それぞれの目を見て、きっぱりと言い切った。

「周囲には伝えていませんが、恐らく現在、私以上に宗次郎さんと親しい間柄の人はいません」

「ほう」

藤谷が自らの顎を撫でる。

「それで、赤城さんを殺した犯人は、誰なんでしょう？」

「はい。宗次郎さんの元部下の男性……宗次郎さんが原因でストレスで倒れて、やむなく退職したという人です」

彼女はあたかも台本でもあるかのように、滔々（とうとう）と話した。

「私は宗次郎さんの職場での話はあまり聞かないので、面識がないどころか名前も知らないんですが、先日彼の家に来て、言い争っていました。奥の部屋に隠れていたので、声しか聞いてませんけど」

「その人が赤城さんを殺した、と」

「絶対そうです。『次に会うときは殺す』って言ってました」

早坂が言い切る。霧嶋は少し考えて、問いかけた。

「その男性は、当時、連絡もなしに突然家に訪ねてきたんですか？」

「そうです」

「赤城さんから、誰かに電話をかけていた様子は？」

「ありません」

「この男性以外の人物にも、電話をかけていませんでしたか？」

「はい」

またもや、早坂はよどみなく返した。霧嶋はふうん、と鼻を鳴らした。

「これは関係者の皆さんにお願いしていることなので、ご理解いただきたいのですが、DNAを採取させていただいてもよろしいですか？」

「もちろんです。私は潔白ですから」


聴取のあと、霧嶋は藤谷に言った。

「あの人、嘘ついてません？」

霧嶋は、早坂の話の矛盾が気になって仕方なかった。

赤城が妻と別居を始めたのは五年前、早坂との関係は十年近く続いていたと言うが、一切痕跡を残さず長年妻に気づかれないというのは、不自然である。それにこれだけあちこちで問題を起こしている赤城が、今更世間体を気にするというのもおかしな話だ。

さらに赤城の携帯には、毎日深夜に雁屋に電話をかけていた履歴が残っている。彼が電話をかける様子を、早坂が見ていないとは考えにくい。

藤谷も、早坂の証言には半信半疑だった。

「とはいえ、本当に赤城さんは不倫がうまいのかもしれんし、早坂さんがいるときは電話しなかったのかもしれないし。殺そうとしてくる相手を威嚇しようとして、自分もナイフを持ち出した、とも考えられる」

「絶対に嘘だと言い切れる、確証もないんですよね」

霧嶋は今ひとつ納得いかないものの、赤城の性格を鑑みれば、案外事実かもしれないとも思った。

藤谷が頭を掻く。

「ひとまず、赤城さんの勤め先の、過去の社員を洗うか。それと、早坂さんが訪ねた日に他に誰か来たのか、言い争う声がなかったか、近隣住民に聞いて証言の裏は取らないとな」

新たな証言が加わり、ふたりはまた、捜査の続きに乗り出した。

＊＊＊

その夜、霧嶋宅にラスカが訪ねてきた。玄関に現れた彼に、霧嶋は真っ先に問う。

「残留思念見つかった？」

「あ？　残留思念？」

入ってきたラスカは、数秒固まった。少し目を泳がせて、手を叩く。

「ああ、林でおっさん死んでたんだったな」

「えっ！　忘れてた⁉」

「すまん。朝までは覚えてたんだけど。俺は俺で忙しかった」

ラスカは悪びれずに言って、夕飯の匂いが漂うダイニングへと向かった。霧嶋はぽかんとしたのち、ラスカを追いかける。

「そっか……うん、カラスの生活は大変そうだもんね。余裕ないときもあるか」

本当は霧嶋は今日も遅くまで仕事をするつもりでいたが、残業と休日出勤が連続しすぎてしまい、ついに課長から「帰れ」と指示された。調書は明日の仕事に回され、不完全燃焼のまま定時で帰らされ、今に至る。郵便受けに溜まった郵便物を目の当たりにし、自身の連勤日数を実感したのだった。

ラスカは帰りがけの霧嶋に声をかけられ、食事をあやかりに来た。霧嶋は食事ついでに、ラスカは残留思念捜しの進捗確認をするつもりだったが、まさかラスカがうっかりして残留思念を捜し忘れていたとは思っていなかった。

ラスカが自らをフォローする。

「残留思念は捜してねえけど、発見現場の林は見に行った。そこのムクドリが、変な奴を三人も見たって喋ってた」

犯罪者は、人目は気にしていても動物の目までは気にかけない。林の野鳥は、自分の縄張りに入ってきた人間の不可解な行動を、きちんと見ている。

「夜中に縄張りの林に人間がふたり踏み込んできて、楽しそうに笑いながら、地面に穴を掘ってたって。たぶん、死んだおっさんを埋めてた奴ら」

ダイニングへ誘いつつ、霧嶋はぞっとした。

「笑いながら死体を埋めてた……？　気味が悪いな」

「な。とりあえず、少なくともふたりだ。殺した奴と、共犯者がいる」

「あれ、ムクドリが見たのは三人って言わなかった？」

霧嶋がラスカの発言を振り返る。ラスカは小さく頷いた。

「もうひとりは、関係あるかわからない。夕方になるとやってくる、常連客がいたって話だ」

「常連客。しょっちゅう来てたってこと？」

「数か月前から現れるようになって、放置された納屋に度々出入りしていたそうだ。その納屋の壁に穴が開いてたから中を見てみたら、たしかに中学の制服着た子供が漫画を読んでた。秘密基地にでもしてたのかもな」

それを聞くなり、霧嶋の背筋が伸びた。藤谷とともに発見した、漫画が持ち込まれたあの納屋だ。

「それ捜してた人！　ラスカ、本人を見たの!?」

「なんだ、そうだったのかよ。追いかけとけばよかった」

ラスカが素っ気なく言う。

「制服の名札に『山下旭（やましたあさひ）』って書いてあった」

ラスカが言うと、霧嶋は彼に手を叩いた。

「すごい！　これで捜査が進展するかも」

ラスカが目撃している少年は、制服から学校が特定できるし、名前まで判明した。おかげで一気に手間が省けた。

「さすがラスカ。ムクドリに聞き込みなんて、僕には真似できない芸当だ。いやあ、持つべきものは鳥の友達だね」

「鳥じゃねえし。死神だし」

「ありがとう。残留思念捜しも覚えててくれたら、もっと嬉しかった」

ダイニングは今夜の晩ごはん、カレーの匂いで満たされている。食欲をそそる匂いに包まれ、ラスカはほう、と息をつき、キッチンの流しへ手を洗いに向かった。

「残留思念は、もう俺以外の別の死神が回収したかもしんねえな。殺されてから、結構日が経ってる。あまり頼りにするな」

そう言ってラスカは、蛇口のハンドルを上げる。

「そもそも、死神なんてもんに頼って、警察はなにをしてるんだ？　俺が言うのもなんだが」

「これでも頑張ってるんだよ。赤城さんを殺した犯人を知ってるという人が現れて、今、その辺りを調べてる」

突如警察に申し出てきた、早坂沙苗。彼女の存在が、霧嶋を悩ませていた。

あらかじめ受け答えを考えてきたかのような態度、どことなく無理のある、違和感の拭えない証言。連絡を取っていた形跡すらない、まさにぽっと出の人物。

霧嶋は、早坂の証言の信憑性を疑っていた。

しかし、証言の裏を取るために調べを進めると、事実が明らかになってきた。

「嘘っぽいのに……ちゃんと本当なんだよなあ」

赤城はたしかに若い頃、妻以外に女がいた。妻の麗子は、「気づいている上で見放していた」と供述している。不倫相手のひとりやふたり、驚かない様子だった。

早坂自身についても、やはり本人の話すとおり『雪晃不動産』なる会社へ通う派遣社員で、五年程前までは風俗店で働いていた。なお、犯行時刻と推定される土曜午後七時、早坂はまだ会社にいる。

「彼女、会社での評判がすごくいいんだよ。明るくてしっかりしてて、誰とでも仲良くなれる人当たりのよさ」

前職で培ったコミュニケーション能力の高さは、早坂の人徳を築き上げるのに役立っていた。霧嶋は、今日の聞き込みを回想する。

「早坂さんの上司の、渡辺さん。早坂さんをかなり高く評価してた」

雪晃不動産マンション管理部、渡辺悟。早坂の部署の上司であり、採用を決めた人物のひとりだ。

「『派遣の事務員として雇われてるのに、営業にも貢献してる。会社が保有してる不動産を、知り合いに紹介してくれる。話し上手な人だから、そういうのもうまいんです』って。次の派遣契約更新時には、正式採用を考えてるそうだ」

早坂については、彼女のそんな人となりが明らかになっただけで、赤城殺害に繋がるような情報は得られなかった。

「そんなわけで、早坂さんが声を聞いたという、退職した元部下を捜してるところなんだけどね。赤城さんが理由で退職した人はたくさんいて、候補が広がる一方なんだ。ひとり調べてるから、捜査員をいくら動員しても時間がかかる」

早坂はその人物の声を聞いただけで、顔すら見ていないという。他にヒントもなく、関わりのある人物をしらみつぶしに当たるしかないのが現状だった。

「その上、ご近所さんとか仕事関係とか、別の線からも赤城さんに恨みを募らせてる人がわんさか増えてくる。全員調べるのも骨が折れるし、なにか別の角度からヒントが欲しい。でも他の捜査に時間を割けない……そんな状況だったから、ラスカが旭くんの情報を掴んでおいてくれたのは本当にありがたいよ」

こんな事情もあって、霧嶋は残留思念を頼りにしていた。死んだ場所がわかれば、増え続ける被疑者をある程度絞れる。

「ラスカが残留思念捜しを忘れてたのは、予想外だったな。死神の仕事は、残留思念の回収でしょうに」

苦笑する霧嶋をちらっと見て、ラスカは決まり悪そうに言い訳をする。

「他にもすることあんだよ。暇じゃねえんだ、俺だって」

それからラスカは、唐突に問いかけた。

「交通事故の事故報告、交通課ってとこ行けば見れんのか」

「なに、急に。赤城さんは交通事故じゃないよ」

霧嶋が怪訝な顔をする。ラスカは一旦口ごもって、下を向いた。

「いや、報告なんかしないいか。されてたら、こうはなってない」

「ん？　どうした？　赤城さんと交通事故に、なにか関係があるの？」

疲れた顔で首を傾げる霧嶋を見て、ラスカは同情した。

「とりあえず……食べるか。腹が減ってるときに考えごとしても、頭が働かない」

「もうちょっと待って。今日、紬ちゃん来るから。『早く帰れる』って連絡したら、来てくれるって」

霧嶋が開いた手を伸ばして、ラスカに待ったをかける。彼の口から出た名前を聞き、ラスカは気色ばんだ。

「また来んのか、あいつ」

「カレーは紬ちゃんのリクエストだよ」

霧嶋はキッチンに入り、洗ったばかりの保存容器を手に取った。

「さて、紬ちゃんが来るまでに、明日のお昼の準備をしておこうかな」

ラスカつやつや計画遂行中の霧嶋は、これが楽しみになりつつあった。

ドライフルーツのパッケージを手に取り、ふと、その中身にはっとする。白桃にパパイヤといった黄色いドライフルーツが、ころころと入っている。

「あれ。そういえばカラスって、黄色が識別できないんじゃなかったっけ。でもラスカ、全部啄んでたな……」

カラスは黄色という色を識別できず、黄色いゴミ袋を使えば中身を荒らされない……という説がある。霧嶋はそれを思い出したのだが、ラスカは黄色いフルーツも難なく見分けて食べていた。壁にもたれていたラスカが、あっさり答えを出した。

「それ、誤解だぞ。カラスは人間よりか色の識別能力が高い。黄色が見えねえわけないだろ」

「そうなのか。じゃ、黄色いゴミ袋でカラス被害が減るのはどういう理屈？」

「あの黄色は、紫外線をカットする塗料の色だ。カラスは人間と違って紫外線が見えてるから、それで食べ物を判断してる。だから黄色が見えないんじゃなくて、紫外線を遮断されると中の食べ物を見分けられなくなる」

思わぬ鳥知識に、霧嶋はへえ、と感嘆した。

「そうだったんだ！　ラスカも、人の姿のときとカラスの姿のときで、目の見え方が違うの？」

「カラスのときは紫外線が見えるし視力もよくなる。もっとも、人間とも鳥とも違う『死神の見え方』で見えてんだけどな」

霧嶋はラスカの黒髪を眺め、想像した。紫外線とはどう見えるのだろうか。

人間の目には見えない自然光には、紫外線を含め、様々な色の光が含まれている。物体はこの光の色を反射したり、吸収したりする。人が識別するのは、反射した色だ。人の姿のラスカの髪、鳥の姿のラスカの羽が黒いのは、光を吸収して反射しないから、黒く見えるのである。紫外線を識別できる鳥の目には、きっと、人間とは全く違った景色が見えているのだろう。

玄関の扉が開く音がした。紬がやってきたのだ。

「秀一くーん！　お邪魔しまーす！　今日のごはんはカレーだー！」

胸には紙袋を抱えている。元気よくダイニングへと直行してくるなり、紬はラスカに気づいた。

「あー！　空き巣！　あんたもいるの!?」

「空き巣って呼ぶな。俺も招待されてんだよ」

「なんでそんなに秀一くんと仲良しなの!?　さてはあたしより高頻度で来てるでしょ！」

妙に勘の鋭い紬は、抱いていた紙袋をラスカに突きつけた。

「でも、ちょうどよかった。バイト先で貰った菓子パン、いっぱいある。一緒に食べて」

「菓子パン？」

反応したのは霧嶋である。彼の声が耳に入ると、紬はくるっと振り向いて甘えた顔になった。

「うん！　パン屋さんでバイトしてるんだ。冬休みはシフト増やしてるの。たしか秀一くん、クリームパン好きだよね。おやつにぴったりの小さいパンだから、お夕飯のあとに食べよ！」

紬の明るい声は、悶々（もんもん）としていた霧嶋の胸の窓を開けたようだった。胸の中の淀んだ空気が入れ替わり、霧嶋はふっと笑う。

「ありがとう。紬ちゃん見てると、明るい気持ちになるよ」

「やったー！」

赤城の事件についてはなにも知らない紬は、今日もハイテンションである。彼女に元気を分けてもらった霧嶋は、さてと切り替えた。

「よし、ごはんにしよっか」

＊＊＊

翌日、霧嶋と藤谷は市内の中学校を訪れた。放課後の下校時刻に合わせて、校門の前で待機し、目的の少年と会う。学ラン姿の彼と目が合うなり、霧嶋は彼に会釈した。

「こんにちは。山下旭くん」

話しかけられた少年は、リュックサックの肩ベルトを握り、身を強張らせた。学ランの胸元には、『山下旭』と書かれた名札がついている。警戒する彼に、霧嶋は柔らかに問いかけた。

「雑木林の納屋に出入りしていたよね。ちょっと話を聞かせてくれる？」

「お、俺、なにもしてません！」

「話を聞くだけだよ。あの辺で、土曜日の夜とか、その日以外でも、なにか変わったことはなかったかな」

優しくも逃がす気を見せない尋ね方に、少年、旭は、泣きそうな顔であとずさりした。

「あの小屋、勝手に侵入して、ごめんなさい……」

それから彼は、観念したように話しだした。

「えっと……実は……俺、塾に行ったふりだけして、雑木林のあの納屋でサボってたんだ。学校に行きたくない日も、そこで過ごしてた」

山下旭、十四歳、中学生。彼は塾に嫌気が差したとき、林に打ち捨てられている納屋に入り浸っていた。無人の小屋を勝手に秘密基地にして、漫画を持ち込んで時間を潰していたのである。

「俺、逮捕されない？」

「逮捕はしないけど、だめだからね」

「うん。先週の土曜日、サボってたのが母ちゃんにバレたから、もうやめるつもり」

旭は毎日、放課後に秘密基地の小屋に立ち寄り、持ち込んだ私物を少しずつ家に戻していたのだった。

霧嶋は、メモを片手に彼に尋ねた。

「先週の土曜日も、小屋に来てたんだね」

「塾サボってゲームしてて、そんでそのまま寝ちゃって、気づいたら真っ暗になってた。帰りが深夜一時過ぎたせいで、母ちゃんに塾行ってないのバレたんだよ」

「一時……」

赤城の死亡推定時刻は土曜の午後七時。旭はその日の夜、現場近くの納屋にいたのだ。彼はもたもたと事情を話す。

「車の音がして、それで目が覚めた」

「車！　その車、見た？」

その目撃情報を、霧嶋はさっとメモに取った。

旭は林に続く細い道、街路灯に照らされた歩道を回想する。

「うん。真っ黒な車が、山を上っていった。街路灯の光で照らされてたの、はっきり見た」

旭の話を、霧嶋は走り書きでメモする。真剣な顔になった藤谷が、併せて問う。

「車種とか、ナンバーとか、覚えてる？」

「そこまでは見えなかった。俺も焦ってたし。黒かったとしか」

犯行時刻と思われる土曜日午後七時、その日の深夜。赤城の遺体発見現場付近に現れた黒い自動車。

見過ごせない情報を得た霧嶋と藤谷は、旭少年に礼を言って、ついでにDNAを採取して、署に戻った。

翌日。赤城の事件はニュースでも取り上げられ、世間的にも話題になっていた。捜査会議では、土屋に注目が集まっている。事件当日、土屋の黒い車が雑木林の方面へ向かっていくのを、目撃した人が現れたためだ。

若手の霧嶋は、本部の捜査方針に従うしかない。刑事課のデスクに積まれた資料を尻目に、霧嶋は唸る。

「こっちも確認したいのに……」

「おい霧嶋！　土屋の事情聴取が始まったぞ。これから裏付け捜査だ」

藤谷に呼びつけられ、霧嶋は藤谷に駆け寄った。

「あの、藤谷係長。裏付け捜査の合間に、確認したいことがあるんですが」

「なんだ？　また捜査方針を無視しようとしてるのか。お前さん、なかなか気概のある奴だな」

方針に反発する霧嶋を皮肉りつつも、藤谷は話を聞く。霧嶋は、ありがたく考えを話した。

「早坂さんについて、もっと深く掘り下げるべきだと思うんです」

早坂沙苗――彼女の存在は、このまま捨て置けない。早坂の供述は、一部は事実で間違いないものの、早坂が在籍していた風俗店はすでになく、当時の様子を覚えている人もいない。いまだに早坂と赤城の関係を裏付ける証拠がないのだ。それ以外にも、早坂の発言はどことなく無理があり、全てが本当とは思えなかった。

藤谷が辟易した顔になる。

「たしかに、土屋さんは早坂さんの言うような『退職した人』ではなくて現役だが……早坂さんが勘違いしてたかもしんないだろ」

「そうなんですけど……旭くんの証言が、気になって」

雑木林の小屋を秘密基地にしていた、あの少年の発言だ。霧嶋は、彼の見た〝黒い車〟が引っかかっていた。

「色って、当たる光の色によって、自然光で見るのと全く違って見えるときがあるじゃないですか。例えば、緑の葉っぱに赤い夕日が当たると、黒く見えるんです。緑の物体が、赤い光を吸収するから」

光は、赤、青、緑の三原色の光の組み合わせで、色を構成している。緑の葉は赤と青の光を吸収して緑を反射するから緑に見える。だから青と緑を含まない赤い光を受けると、反射する色がないため、黒く見えるのだ。

「旭くんが車を見た場所は、街路灯の光が黄色かった。だから、黄色い光を吸収する色の車だったら、自然光のもとでは別の色でも、黒に見えたかもしれない」

黄色の光は、赤と緑の光が組み合わさったものだ。それを反射しないのは、青である。

「偶然かもしれないけど……早坂さんの車は、青いボディでした」

ただ、車の色が同じだっただけかもしれない。だが早坂の怪しい言動も踏まえると、どうしても気にかかる。

藤谷はしばらく押し黙ったあと、頷いた。

＊＊＊

その頃、紬は、原付で冬の街を走っていた。風の音で声が掻き消されるのをいいことに、ヘルメットの中で不平を漏らす。

「もー……あの空き巣、マジで意味わかんない」

それは前日の夜、クリームパンのおやつタイムのあとの出来事だ。霧嶋のカレーと甘いおやつを堪能した紬が満足して帰ろうとすると、外の原付まで、ラスカが追いかけてきた。

「あんた、冬休み中っつったな」

「ん、うん。そうだけど」

「バイトは毎日やってんのか？　明日は暇か？」

「バイトは曜日で決めてる。明日はシフト入れてない……えっ、なに？　あたしの用事聞いてどうすんの？」

ラスカの問いかけに、紬は警戒しはじめる。ラスカは霧嶋の居室の閉まった扉を見上げ、再び紬に向き直った。

「捜してるものがある。でも俺はその……日中は仕事してて自由に動けないから、暇ならあんたに任せたい」

「なんであたしに。意味わかんないんだけど」

唐突に頼みごとをされても、紬の警戒心は募るばかりである。

しかしラスカには、他に頼れる人がいなかった。

「交換条件でどうだ。俺の頼みを聞いてくれたら、俺もあんたの言うこと聞く」

「ふうん。まあ、それなら」

紬は暗闇の中のラスカをじっと見て、しぶしぶ要求を呑んだ。

そして翌日の朝。彼女はラスカの指示どおり、原付を転がしていた。向かう先は、市内のとある板金工場である。そんな紬の頭上には、一羽のカラスが飛んでいる。

大通りに面した板金工場に辿り着いた紬は、原付を降りるなり、作業していた店主に声をかけた。

「すみませーん。ちょっとお伺いしたいんですけど」

「なんだ嬢ちゃん。原付ぶつけたか？」

「あたしのじゃなくって、捜してる車があるの。わりと目立つ奴なんですけど、ここで直してないかなあって」

話している紬を、カラスが電線から見下ろしている。紬と店主の会話を盗み聞きする、ラスカだ。

「あたしも代理で聞きに来てるんで、全然わかってないんですけどー……入庫してるとしたら、今年一年以内のはずで」

紬は自分でも首を傾げながら、捜している車の外見や、入庫していそうな時期など、ラスカから引き継いでいる情報を店主に伝えた。

「直してまだ乗ってるかもしんないし、売ってるかもしんないし、廃車にしたかもしんないらしいです。そういう車がここに来たとか、ここじゃなくても、同業の間で話題になったりとか、なかったですか？」

「そんな車はここ一年ではやった記憶ないなあ……。一年くらい前っていうと、どこだかでものすごい豪雨被害があった頃だよな？　なんだい、それに巻き込まれた車か？」

「んー、それもよくわかんないんです。お仕事の邪魔してすみませんでした！」

紬はぺこりと一礼して、再び原付に跨がった。紬の原付が走りだし、ラスカも空から追跡する。

ラスカには、霧嶋から頼まれていた赤城の残留思念の件をすっぽかしてまで、見つけたいものがあった。林のムクドリから話を聞いたあと、ラスカはそれを捜し回った。だが、カラスの体では限界がある。

そこで白羽の矢が立ったのが、暇そうな紬だった。ラスカは霧嶋にパンを買いに行かせるのと同じように、紬に自分の捜し物を託したのだ。

紬が二軒目の板金工場に辿り着く。今度は寂れた狭い通りの、小さめの店だ。そこでも同じように店主に質問して、同じような回答をされる。紬は懲りずに、次に近い板金工場を携帯で検索し、原付を走らせた。

体当たりで捜し物を続け、途中でコンビニで昼休憩のサンドイッチを買い、また原付で走りだす。紬自身も理由を知らない旅が、日が傾くまで続いていく。

そして六軒目でようやく、先が見えた。その店の店主が、紬に次の道を指し示す。

「この車の扱いが得意な業者なら知ってるよ。そっち聞いてみたら？　まあ、お客の情報だから教えてくれないかもしんないけどねえ」

「マジ？　どこどこ？」

紬は店主から別の業者の住所を書いたメモを貰い、原付に飛び乗った。

「おじさんありがとー！　今度原付ボコッたら直してもらいに来るねー！」

「おう、気をつけてな」

紬の原付が、夕焼けの色が滲む道路を突き進む。ラスカも翼を広げた。風切羽の隙間を冷たい空気が通り抜けていく。

紬は大通りから外れた裏通りに入り、路肩に原付を停めた。メモの住所と、携帯に表示した地図を見比べる。

「あれ、道、間違えたかな。こっちで合ってる？」

普段遊んでいる地区から一本でも道を外れると、一気にわからなくなる。ラスカは電線にとまって、道を確かめる紬が動き出すのを待っていた。

すると、先に見えた白い二階建ての建物から、女性が出てきた。それを見た紬が、原付を引いて駆けていく。

「あっ！　すみません、道教えてほしいんだけど、この先に板金屋さんありますか？」

ラスカも紬を追って、電線から電線へと飛び移った。道を尋ねる紬の真上にとまると、女性が現れた白い建物の窓の中が、少しだけ見えた。

窓に寄りかかるような姿勢で立つ、スーツ姿の男の背中がある。やや小柄な中年の男と思しきそれは、そこに留まったまま、微動だにしない。

死神のラスカには、すぐにぴんときた。これは、残留思念だ。

屋内の残留思念は、外から見つけにくいため、死神に気づかれず、その場に長く放置されやすい。ラスカはこの残留思念を見つけた以上放ってはおきたくはなかったが、この状況ではどうにもできなかった。体を透過できる死神なら平然と侵入し、回収する。だが、いかんせんラスカはその能力を没収されている上に、容姿もカラスであり、正攻法でも訪問できない。

いずれにせよ回収できない残留思念より、彼は、その建物から出てきた女のほうに興味を持った。

「この住所の板金屋さんなんですけど、道がわかんなくて。どっち行けばいいですか？」

紬が女に問いかけている。女のほうは、鞄を抱いて紬から逃れた。

「ごめんなさい、急いでて……」

困り顔で紬を制して、建物の駐車場に停めていた白い車に乗り込む。そして逃げるように走り去ってしまった。

ラスカは残留思念と紬、それから走っていった白い車をそれぞれ見比べる。紬の原付がドルルとエンジン音を立てはじめた。ラスカはもう一度紬を一瞥したのち、紬を通り越して、先へ行った車を追いかけた。

＊＊＊

五時のチャイムが鳴って、しばらく経った。取調室には、重要参考人として連れてこられた、早坂がいる。

「私は真実をお話ししたままでです。宗次郎さんに恨みを抱えて退職した元部下の男性が犯人です。それを捕まえられないのは、警察の落ち度でしょ」

彼女はあくまで、最初に現れたときと同じ主張をしている。

刑事課のデスクでは、霧嶋が諸々の調書を取りまとめていた。土屋の取り調べに続き、早坂の取り調べも始まり、一日がかりで行われている。

土屋は深夜、たしかに林の方面へ向かっていたが、犯行は認めない。コンビニへ酒を買いに出かけただけだと供述しており、裏付け捜査を進めると、たしかに付近の店の防犯カメラに映っていた。だが犯行時刻のアリバイがないため、まだ拘束されている。

早坂は頑なに主張を変えず、林の道へ上っていった車に関しても、無関係だと話している。

取り調べを担当した刑事が、早坂に詰め寄る。

「君のものに似た車の目撃証言が上がってるんだよ」

「だからなんですか？　それが私である証拠はあるんですか？」

早坂も強気な姿勢を崩さず、取り調べは平行線だった。

霧嶋は、裏付け捜査や調書作成の合間に、デスクに積まれた資料の整理をしていた。早坂の上司、渡辺から借りたデータがある。その中からクリアファイルに挟まれたリストを取り、霧嶋は文字の羅列に目を走らせた。

ラスカから伝えられた、ムクドリの話が気になる。死体を埋めた人間は、ふたりいるはずだ。

仮に早坂が、警察に飛び込んできてまで嘘をついたのだとしたら。早坂本人が殺したのだとすれば、自ら警察署へ赴くのはあまりにもリスキーである。そんな真似をするのは、実際、自分が殺していないからではないか。ならば、そんな危ない橋を渡ってまで嘘をつくのは、別の理由がある。

例えば、誰かを庇(かば)うため——。

手に取った資料は、早坂が便宜を図ったという顧客名のリストだ。早坂の友人や知人と思しき名前が、雪晃不動産の集合住宅を借りているのがわかる。

並んだ名前のひとつに、霧嶋の目が留まった。

「……繋がった」

彼はデスクの電話の受話器を取り、記されていた番号にコールをかけた。繋がったその番号は、すぐに電子的な案内音声に切り替わる。

「本日の営業は、終了いたしました」

最後まで聞く前に受話器を置く。そこへ、藤谷から霧嶋に声がかかった。

「おい、霧嶋。早坂の取り調べ、代われってさ。行くぞ」

「はい」

霧嶋は資料を伏せ、立ち上がった。


同じ頃、ラスカは白い車を追いかけて、海岸までやってきていた。カモメの声がする。長距離を飛んでいるラスカは、徐々に高度が下がってくる。

白い車は、高台の崖で停まった。落下防止の柵の下で、灰色をした真冬の海がざわめく。潮風が海面を舐め、さざなみを立てる。車から女が降りてきた。出てきた女は、長い髪をボサボサに乱し、隈の浮かんだ目元で、日の沈みかけた海を見つめた。

空中を行くラスカの足が、すっと、鳥の足から黒いスニーカーに変わる。車の上空で六時を迎えたラスカは人の姿に戻り、姿勢を整えて車の上に着地した。背を向けていた女は、自身の車から聞こえたドンッという音に驚き、振り向く。そして屋根の上であぐらをかくラスカに、目を剝いた。

「きゃっ！　なに!?」

「死神」

「死神!?」

夜に侵食されかかった空に、シミのような月が滲んでいる。ラスカは睫毛を伏せて、車の脇で固まる彼女を見下ろしていた。

「おっさん殺したの、あんたか」

「なに……」

女は青い顔であとずさりする。ラスカの髪が潮風に吹かれた。

「指はどこにやった？」

「待って……」

掠れた声が、風に攫われる。

「なんで……あなたは、なにを知ってるの……!?」

早坂の取調室に、霧嶋と藤谷が入ってきた。早坂は相変わらず、顔色を変えない。

「誰になにを聞かれたって同じですよ。私は知ってることを全部話しました。協力したのに犯人扱いだなんて、警察はろくでもないですね」

質問攻めにすっかり機嫌を損ねて、霧嶋の目を見ようともしない。霧嶋は彼女の前のパイプ椅子を引き、座った。

「長時間拘束してしまい、申し訳ございません。もう少しお付き合いいただけますか」

「だから、何度も言ってるとおり……」

「水沢歩美(あゆみ)さんとのご関係を、お伺いしたいんです」

噛みつこうとする早坂に、霧嶋は被せるように言った。途端に、早坂の目の色が変わる。

「あゆ……」

「はい。税理士の、水沢歩美さんです」

水沢税理士事務所。霧嶋は、早坂が会社と知人を仲介したリストの中から、この事務所の名前を見つけた。税理士、水沢の事務所兼自宅は、雪晃不動産の物件だったのだ。それも、早坂を介して契約している。

気丈な態度だった早坂の顔に、汗が滲みはじめた。

「知らない人です」

「物件を紹介しているようでしたが」

「共通の知人に紹介を頼まれた、かもしれません。覚えていません」

早坂の明らかな焦りの表情に、藤谷も顔を強張らせる。霧嶋は彼を一瞥して、また早坂に向き直った。

「交友関係、学生時代まで遡って調べさせていただいても？」

「待っ……」

早坂がびくっと顔を上げ、硬直し、また下を向く。口を結んで黙秘する彼女を数秒見つめ、霧嶋は続けた。

「お話ししていただいたほうが、お互いのためです」

早坂は目を泳がせ、震えながら口を押さえた。


海岸では、ラスカと白い車の女——水沢歩美が、風を受けて立っていた。ラスカがぽつぽつと、霧嶋から聞いていた情報を繋ぎ合わせる。

「おっさんがなんかやらかしたのを、あんたが気づいた。税理士だから……横領に気づいた、とか」

水沢は無言で、海を眺めている。潮風が彼女の乱れた髪を一層乱し、ラスカのコートの裾を広げた。

「おっさんはあんたを脅して、横領を揉み消そうとした。でも抵抗したあんたに、逆に刺された……」

話しながら、ラスカはひとつ、まばたきした。

「共犯者がいるのか」

林のムクドリは、死体を埋めた人間はふたりいたと話していた。ずっと黙っていた水沢が口を開く。

「沙苗ちゃんは、悪くないの。私を庇ってくれただけ。横領なんかして、しかもそれを隠すために脅迫までするようなクズのために、私が人生を棒に振ったらもったいないって」

焦点の合わない目を細め、水沢は、自分の足元を見つめた。

「沙苗ちゃんはわかってくれたの。税理士を目指して細々と努力する私。派遣の仕事を転々とする沙苗ちゃん。私たちは互いに励まし合って、笑い合って、認め合ってきた。だから、運命も全部、一緒にって……」

水沢歩美、三十二歳、税理士。彼女は据わった目をして、ラスカに向かって「だって、怖かったの」と繰り返した。

トラブル続きの会社の税理士となり、監査で架空の口座への振込に気づいた。領収書との不一致を指摘すると、経理部長の赤城は部下のミスだと喚(わめ)いて責任を逃れようとした。

そしてその夜、赤城は、水沢の事務所へ直接乗り込んできた。

「横領を揉み消せ、と。刃物で脅されて、怖かったの」

事務員が帰宅したあとの、水沢ひとりの時間帯だった。自宅でもあるそこへ、男が刃物を持って押しかけてきたのだ。

怯えた水沢は、勢い余って赤城を突き飛ばした。一度転倒した赤城が起き上がってくる。

激昂して襲いかかられたら、脅しでは済まない。水沢は防衛本能で赤城の手を摑み、仰向けに倒れる彼の喉笛にナイフを突き立てた。

「だって、怖かったの」

事務所で人を殺してしまった。自首？ 隠蔽？ どうやって？ 頭の中が真っ白になった彼女は、赤城の遺体を前にして、立ち上がることすらできなかった。

取調室では、早坂が俯きながら、重い口を開いた。

「十年前……この市に引っ越してきたばかりの私は、風俗で働きながら、昼の仕事を探していました」

これまでの毅然とした態度は引っ込め、彼女は顔を上げられなくなった。消え入りそうな声で、ぽつりぽつりと、紡いでいく。

「学生時代からの友人である歩美も、この街で働いてると知った。それ以来、交流を深め合って、今では唯一無二の親友です」

土曜日の八時頃。早坂は、血の海になった事務所と、そこに座り込む親友の姿を見つけた。

学生時代からの親友であり、この物件を紹介した早坂は、水沢の自宅であるこの事務所の二階に日頃からよく遊びに来ていたのだ。その日も晩酌と泊まりの約束をしており、仕事を終えた早坂は、酒を持って遊びに来た。

惨状を目の当たりにした早坂は、開口いちばん言った。

「なにやってるの?」

「だって、怖かったの」

「そうじゃなくて、なにぼーっとしてるの? 早く片付けないと、見つかっちゃうよ」

彼女はそう言うと、冷静に死体の処理に取りかかった。水沢から赤城に摑まれたと聞くと、皮膚片を残さないために、事務所の給湯室から包丁を持ってきて、赤城の指を切り落とした。太い骨は切断できないから、指先だけ。

霧嶋が真剣な声で聞く。

「隠蔽工作に手を貸したんですか?」

「当たり前でしょ。歩美がどれだけ努力して、税理士事務所を開業したと思ってるのよ。殺人くらいなんだよ。なかったことにすれば、大丈夫だって……」

早坂ははっきりと答えたが、そのわりに、語尾は細く消えた。

「前職の頃、赤城宗次郎は有名だった。迷惑行為が多くて悪い評判しか聞かない。あんな奴のために、今まで頑張ってきた歩美が……そんなの、絶対だめ」

指を切り落とした死体は、手と喉の傷口の周りだけゴミ袋を被せて、資料運搬に使う台車に乗せた。水沢と早坂は、非力な細腕で力を合わせ、赤城の亡骸を運び出し、早坂の車に積み込んだ。

血のついた包丁は、水道で洗い流した。床に飛んだ血も、タオルで丁寧に拭き取った。

「林に捨てたのは、単なる時間稼ぎ。証拠になる指は切り取ってあるし、見つかっても別に、よかった」

取調室の机の一点を見つめ、早坂はか細い声を絞り出した。

「知人に物件を紹介するとき、周辺の治安のよさなんかもアプローチするから……人通りが少なくて、防犯カメラもない、街路灯もほとんどない暗い道も、知ってた」

遺体を処理した早坂と水沢は、明るく楽しい会話をした。不安と恐怖に押し潰されないよう、ふたりは笑いながら、人けのない林を目指した。

「人間って重いねー。このあと穴掘って埋める元気、ある?」

「無理、疲れた!」

「でもやんなきゃね。あ、その前に一旦うち寄っていい? スコップ持ってこないと」

だって、怖かったの。

「おなか空いた。沙苗ちゃん、終わったらラーメン食べよ」

「歩美のおごりねー」

だって、怖かったの。

「お酒も飲んじゃおう!」

「もちろん!」

だって、怖かったの。笑っていないと、気が狂ってしまいそうで。

遺体を埋めている間、楽しげに笑っていたふたりを、林のムクドリだけが見ていた。

早坂は霧嶋と目を合わせず、話した。

「埋めた遺体は、案の定すぐに見つかった。けど、歩美のところに警察が来たのも、想定より早かった。歩美から連絡を受けて、私はいてもたってもいられなくなった」

早坂は水沢を庇うために、博打に出た。会社を抜け出してまで警察署に行き、前職の真実と不倫の嘘、虚実を交えた供述をした。

少しでも捜査を遅らせて、水沢とともに逃げ切る方法を、考える時間が欲しかった。

霧嶋は手指を組み、机に肘を置いた。

「それで……赤城さんの指は、どこに？」

「歩美の自宅の、冷凍庫です」

早坂は押し殺したような声で、そう告げた。


ラスカと水沢の足元では、波が唸りを上げていた。

「赤城さんの指は、海にでも捨ててしまえばいいと思いました。魚の餌になってしまえば、証拠は隠滅できる。でも、海は監視カメラが多いからだめだって、沙苗ちゃんが言ってた」

水沢は光のない目で、ぼやけた月を仰いだ。

「だけど……本当はわかってるの。どうしたって逃げ切れない。せっかく沙苗ちゃんが頑張ってくれたけど、私はもう、怖い」

そう言うと水沢は、一歩、海に向かって踏み出した。ラスカはそれを車の上から見ている。水沢が彼を振り向き、崖の手すりに足をかけた。

乱れた髪が風に吹き上げられる。ラスカはその後ろ姿を睨み、ため息をついた。重い腰を上げ、鳥が飛び立つように車から下りると、水沢の腕を摑んだ。

柵を挟んで内側にラスカ、海に足を半分落として、水沢が立っている。水沢は振り向かず、岩肌に打ち付ける波を見つめていた。

「離して」

「落ちるぞ」

「落ちるのよ」

「やめてくれ。海の中で死なれると、残留思念の回収が大変だろうが」

ラスカの手は、軽く摑んでいるだけのようでいて、水沢には振り払えないほど力が強かった。水沢はぎゅっと、拳を握りしめた。

「離して！　逃げ切るには、こうするしかないの！」

彼女の声が、冬の冷たい空気をびりっと震わせる。

「私は人を殺した！　たとえ罪を償ったとしても、罪が消えるわけじゃない。この先どうしたって、どんなに頑張ったって、一生人殺しなの！」

ひび割れるような声が、静かな海に響き渡る。ラスカの手は変わらず、水沢の腕を離さない。

「ごちゃごちゃうるせえな。誰がなんで殺したとか、俺には関係ない。残留思念さえ回収できれば、それでこと足りる」

死神にとっては、人間の生き様も、罪も、どうであっても構わない。彼に関係あるのは、生か死か、それだけだ。

水沢は足を踏み出し、崖の下へ向かって引きずった。彼女の足が、足場から滑る。彼女の体が崖の下へと放り出された。途端に、ラスカは体ごと引っ張られ、柵に腹を打ち付ける。

ラスカはぐっと奥歯を噛み、両手で水沢の腕を摑んだ。ぶら下がった水沢が、力なくぼやく。

「離して……あなたまで落ちるわよ」

「うっせえ。いい加減にしろ」

「なんだか知らないけど、あなた死神なんでしょ。私が死ぬのを見届けに来たんじゃないの？」

「死なれると迷惑なんだって……」

必死に引っ張るラスカの脳裏に、霧嶋の顔が浮かぶ。ここで手を離せるほど、ラスカは死神として、器用ではない。腕が震えてきた。人ひとりの体重を腕だけでぶら下げるのは、限界がある。歯を食いしばるラスカを、水沢は、泣きそうな目で見上げた。

「なんで、なんで他人の私のために、そんなにムキになるの」

彼女の瞳に、波のきらめきが反射する。

「私は人殺しなのよ。なんで……」

水沢は頭の中で、同じ言葉を親友にも問いかけた。なぜこんな自分のために、罪を共有したのか。見つけた時点で通報してくれれば彼女は罪には問われなかったのに、どうして。

「なんでって……」

ラスカが全身で、水沢の体を引っ張り上げた。

「死なれるとムカつくから……」

必死に引き上げようとする見知らぬ青年に、親友の姿が重なる。水沢はだらりと力が抜けていた手をきゅっと握り、岩肌に指を引っかけた。

なけなしの腕の力と、上へ引き上げるラスカの手に支えられ、水沢は足場へと上る。地面に膝をついた彼女を睨み、ラスカはぜいぜいと息を荒くした。

ひざまずいた水沢が、顔を上げる。強面（こわもて）の青年が一層顔を険しくしているのを見ると、彼女はぼろぼろと涙を溢れさせた。

＊＊＊

その後、北署に水沢歩美が出頭してきた。彼女の自宅に家宅捜索が入ると、冷凍庫から血で汚れたタオルとともに、赤城の指が発見された。

取り調べ中、水沢は「恐怖に支配されて判断力を失っていた」と話した。捜査が進んでいくにつれて追い詰められ、早坂も自分も、焦りで自暴自棄になっていたという。霧嶋はなんだか、自分がふたりを追い込んだように思えて、やるせなかった。

調書を書き終えた霧嶋は、自宅マンションに戻った。マンションの駐輪スペースに、紬の原付が停まっている。今日は来る約束はなかったはずだ。きょとんとしつつ、霧嶋は階段を上る。

案の定、自室の玄関は鍵が開いていた。

「ただいまー。紬ちゃん、来てるの？」

コートを脱ぎつつ、リビングへと向かう。リビングには紬と、あとは呼んだ覚えはないがラスカがいた。しかもなぜか、床に座ったラスカの黒髪を、紬がワックスやヘアピンで弄(いじ)っている。

「こうやって毛先を遊ばせれば、少しは様になるよ。ボッサボサにしてるからダサいんであって」

「っせえな……」

楽しそうな紬と迷惑そうなラスカという、不思議な光景を目の当たりにして、霧嶋は口を半開きにした。

「仲良しだね」

「あっ、秀一くん、お帰り！　今ね、こいつで遊んでたの」

紬がぱっと笑って挨拶する。手元でのヘアアレンジは止めていない。ラスカは無抵抗だが、不服丸出しの顔をしている。

「マジでうぜえ……触んな」

「この前、頼みごとを聞いたら『言うこと聞く』って宣言したじゃん」

ほほ笑ましい風景を前にして、霧嶋の胸の靄は少しだけ晴れた。

「今日、ごはん食べに来る予定だったっけ？」

「ううん！　今日はもう食べてきた。単に、ラスカと落ち合える場所がここしか思いつかなかっただけ」

なにやら勝手に、自宅を溜まり場にされたようだ。霧嶋は夕飯の仕度をしに、キッチンに入った。リビングでは、紬がご機嫌でラスカをおもちゃにしている。

「『言うこと聞く』って言うから、服とか買いに行ってこいつをあたし好みにプロデュースするつもりなんだけど、連絡先教えてくれないから全っ然予定立てらんない」

「日中は忙しいから、夕方六時以降じゃないと空いてない」

ラスカがしれっと言う。霧嶋はラスカの事情を汲み取って、苦笑した。ラスカは夕方まではカラスだから、いくら紬と出かけたくても予定を合わせられないのだ。

そんな事情は知らない紬が、素直に真に受けている。

「仕事してるんだろうけど、休みの日くらいあるでしょ！　約束は守ってよ」

「わかってる、俺にも都合があってだな……」

「あたしだってあんたの言うとおりにして、一日かけてやることやったんだからね！」

たじたじのラスカとぷんすか怒る紬を面白そうに観察し、霧嶋はなにげなく尋ねた。

「なにを頼まれてたの？」

「なんかこいつ、車を捜してってね。その車を修理した板金屋さんを突き止めろっていうの。それっぽいとこ一件一件回ってたら、丸一日かかったんだよ」

紬の返答は、だんだん告げ口みたいな口調になった。ラスカが背筋を伸ばし、紬の言葉を遮る。

「おい！　それ、こいつに喋んな」

「しかもその車とお店がなんなのか、いまだにネタバレしてくれないの！　ただ駒に使ったんだよ、最悪じゃない!?　これはもう満足行くまでスタイリングするしかない」

「言うなっつってんだろ」

ラスカがついに紬の肩を掴み、紬はむくれながら黙った。

霧嶋は一瞬真顔になってから、ふたりにふわりと笑いかける。

「遊ぶのはいいけど、仲良くね」

車と板金屋。なぜラスカがそんなものを調べているのか。そしてなぜ自分にはなにも知らせず、紬を使ったのか。なにか隠しているなと、刑事でなくてもわかる。

紬は再び、ラスカの髪を触りはじめた。

「これはまだ試しにやってるだけだから、次はもっと本格的にセットするからね。そうだ、服見るついでに秀一くんのも買おうかな。秀一くん、せっかく超絶美人なのに無難なものしか着ないからつまんないの」

「そんなんこだわってどうすんだよ。見た目なんてなんでもいいだろ」

遊ばれるラスカが文句を漏らす。人になったりカラスになったりする彼にとっては、外見など、その都度合わせて生活を変える、面倒な器にすぎない。

紬はむっとしてラスカの顔を覗き込むと、彼の顔を両手で挟んだ。

「自前のルックスのよさは才能、なりたい姿を目指して磨きをかけるのは努力、そこにメイクやファッションを足して完成する自分という作品！　芸術の一種なの、これは」

「むぐ……」

頬をぎゅっと押さえられても、ラスカは無抵抗で紬を睨んでいる。

紬はさらなる持論を展開した。

「絵画や音楽や文学で、人の心が豊かになるのと同じ。興味ない人は別の分野を楽しめばいいけど、美を追求するのも人生の楽しみ方のひとつなの。わかったか！」

「ぐ……わかった。わかったから離せ」

説教を終えた紬はようやくラスカを解放し、鞄からメモを取り出した。

「はい、じゃあこれ、調べた結果ね。てかメモで手渡しとか、アナログじゃん。携帯持ってないの？」

「そんなもん使わなくても、用事あるときはまたここで落ち合えばいいだろ」

「それもそうだね。じゃ、出かけられる日が決まったら、またここで待ち合わせね。上から下まで一式セットするから、覚悟してなさいよ」

ラスカと紬は、家主の霧嶋に許可も得ず、またもや勝手にここを集合場所にした。霧嶋は「まあいいけど」と口の中で呟き、作り置きしたおかずを温める。

紬は霧嶋にひと声かけて、玄関へと向かっていく。

「じゃあね、秀一くん！　また来るね」

「うん。気をつけてね」

パタパタと軽やかな足音が過ぎ去り、紬が部屋を出ていった。やがて原付の音が遠のくと、ラスカは座った姿勢のまま床に倒れた。

「疲れる……」

「あははは！　見てるぶんには面白かったよ」

電子レンジが鳴る。霧嶋は温めていたキャベツと鶏もも肉のトマト煮を取り出した。

「紬ちゃんは美容系の学校に通ってるって言ったでしょ。あの子はあれでいて、将来やりたい仕事を真剣に考えてるんだ」

人間を美しくすることを芸術と捉えている紬は、「見た目なんてなんでもいい」と蔑ろにされたくなかったのである。霧嶋はラスカの背中に向かってくすりと笑う。

「向き不向きも関係なく、やりたくもない残留思念の回収をさせられて、なりたくもないカラスにされた死神さんとは違うんだよ」

「うっせー」

死神に向いていない死神は、不貞腐れて膝を抱いた。霧嶋が器と箸を用意しながら、のんびりと切り出す。

「さて、向いてない死神さん。赤城さんの残留思念は回収できた？」

問いかけられて、ラスカは寝そべったままおざなりに返す。

「いつの間にかなくなってた。たぶん、別の死神が見つけて、回収したんだろ」

殺害現場となった税理士事務所は、警察が立入禁止にしていたせいで、ラスカは侵入の機会を失った。彼が様子見をしているうちに、別の死神が赤城に気づいたらしい。ラスカとは違って透過能力のある死神なら、締め出された状況でも堂々と侵入できる。悪気なく横取りされてしまうのも、致し方なかった。

ラスカは、横顔しか見えなかった赤城の残留思念を、脳裏に浮かべた。悪評高かった男の死の瞬間の感情は、ラスカが想像するより遥かに淋しげで、あどけなくて、弱々しく見えた。

「……誰も、いなかったんだろうな」

「ん？」

ラスカの呟きに、霧嶋が振り向く。ラスカは彼に背中を向け、ぽつりと零した。

「おっさん、自分が死んだときに泣いてくれる人、思い浮かばなかったのかもしれない」

赤城は高圧的でありながら、実は誰より臆病だったのではないか、とラスカは思った。強く見せたいから他人を攻撃し、周りから人が離れて、不安になるからもっと攻撃する。

——なんでそんな、わざわざ人に嫌われるようなことばかりするんだ？

かつて抱いた疑問の答えは、ここにあったのかもしれない。

そうしていつの間にか周りから誰もいなくなって、死ぬときまでひとりぼっちになってしまった。

霧嶋は器にトマト煮を盛り付けつつ、ラスカの背中を眺めた。この死神ときたら、また人の死に感情移入しすぎている。そう考えてから、霧嶋は、死亡事件に慣れてきてしまっている自分よりも、ラスカのほうがよほど人間味があると感じた。

赤城の死の間際の顔を思い出して沈んでいるラスカに、霧嶋はあえて明るい声で話しかけた。

「君がもっと早く残留思念を見つけてくれれば、事件解決も早まったのになあ」

「あ？　おい。事件解決は警察の仕事だろ。俺を頼るほうがおかしいんだ」

ラスカがやっと体を起こし、霧嶋のほうに顔を向けた。少し調子を取り戻したラスカに、霧嶋は夕飯のおかずを食卓に並べつつ、言った。

「水沢さん、精神鑑定にかけられてるよ」

「ふうん。まあ正当防衛の余地があったのに、死体遺棄と虚偽申告まで重ねるような奴だもんな。正常な判断じゃねえわ」

「いや、そっちじゃなくて。『死神に会った』なんて話してるんだよ」

ぴたりと、ラスカが固まった。霧嶋は真っ直ぐにラスカを見ている。

「海に身投げしようとしたら、死神がやってきて、引き止められたって話してるんだよ。意味がわからないでしょ？」

霧嶋はわざとらしく語尾を上げ、ラスカににこりと笑いかけた。

「残留思念を見つけるのは遅かったけど、別のところで頑張ってくれてたの、知ってるからね」

優しく労（ねぎら）われ、ラスカが決まり悪そうに視線を背ける。

「……なんの話だよ」

「ごめんごめん、野暮（やぼ）だったね。さ、ごはんにしようか。食べるでしょ？　今日は招待してないけど」

霧嶋の悠々とした態度に、ラスカは一層、彼の意地の悪さを感じた。

file. 4 死神の罪

寒風が吹き抜ける、冬の公園。金曜日を迎えたその日、霧嶋は移動販売のパンの紙袋を抱え、やってきた。噴水の縁にカラスがとまっている。羽毛をもこもこと膨らませて丸くなり、寒さに耐えていた。

「ラスカ」

霧嶋が名前を呼ぶと、毛を逆立てていたカラスが、くりっと振り向いた。翼を広げて舞い上がり、ベンチの背もたれへと移動する。それに誘われるようにして、霧嶋もベンチに腰を下ろした。隣のカラス——ラスカに話しかける。

「さっき移動販売車の売り子さんに追い払われてたカラス、君？」

「なにがあるか覗いただけなのに」

「残念だったね、あの人はカラスが嫌いなんだ」

数分前、移動販売車へ昼食を買いに来た霧嶋は、まさにその現場に遭遇していた。汚いカラスが寄り付くのを嫌う売り子が、叫びながら追い払っていたのである。

ラスカは不服そうに目を瞑り、羽毛を膨らませている。ふっくらと立体的になった羽は瑠璃色(るりいろ)に艶めき、白い日差しの中では、一枚一枚浮き上がって見える。カラスは真っ黒ではなく青い鳥なのだと、霧嶋はラスカで知った。

　この頃ラスカは、羽艶がよくなってきた。見違えるほどの変化でこそないが、霧嶋と出会ったばかりの頃のみすぼらしい姿と比べると、全体に艶が出て、ボサボサに傷んでいた羽もきれいに整っている。霧嶋がコツコツと、ビタミンとたんぱく質を与え続けた努力が、実りはじめているのだ。

　そのラスカが、小首を傾げる。

「目が死んでるぞ。この頃、忙しそうだな」

　きれいになってきたラスカとは対照的に、霧嶋は今日も、疲れた顔をしている。彼は力なく遠くを見つめた。

「そうなんだよ。最近、不審火が連続してててね」

　今週の刑事課は、普段以上にピリついていた。彼らを悩ませるのは、全然尻尾を摑めない連続放火犯である。

「河原の流木が燃やされてたのに始まって、次は無人の小屋でボヤ、その次は放置されてる農具小屋で謎の焚き火」

　時間はまちまち、場所も市内という以外に共通点がない。警察はこれを同一人物による放火と見て、捜査している。その捜査が難航している上に、別の問題が常に並行して起こって、調書を書く作業が次から次へとやってきて終わりが見えず、深夜残業も泊まりも常態化している。

　霧嶋は抱いていたパンの紙袋を開けた。中には移動販売車で買ってきた、惣菜パンと菓子パンがいくつか詰まっている。

「ねえラスカ。火を焚べてる変な人、見なかった？」

ダメ元で尋ねながら、シチューパイを取り出す。端をちぎってラスカに差し出すと、ラスカはくちばしでそれを摘まんだ。

「焚き火があった農具小屋って、東のほうにある家庭菜園みたいなとこか？」

「そう」

「それなら見たかもしれねえ。中高生くらいのガキが三人、その辺りに薪と、なにか染み込んでる新聞紙みたいなのを運んでた。それからいつ火を点けたのかは見てないけど」

思わぬ目撃証言が飛び出し、霧嶋は目を剝いた。

「本当？　何時頃？」

「夕方。正確な時間は覚えてない。ただ、俺はカラスだった」

「じゃあ少なくとも午後六時前か」

「カラスだったから、ガキどもも見られてても油断したんだろうな」

ラスカがあくびをして、足で首を掻く。霧嶋はコートのポケットからメモを取り出して、ラスカの証言を書き残した。

「ありがとう。鳥が協力してくれると違うなあ」

「言葉じゃ腹は膨れない。食べ物で労え。あと、鳥じゃなくて死神だ」

ラスカがつっけんどんな態度で、食事の催促をする。促されるまま、パイを毟ってラスカのくちばしに近づける。ラスカは小さなカラスの体では、パンをひとつ食べきれない。シチューパイは、必然的に霧嶋の昼食にもなる。シチューパイを分け合ったあと、霧嶋は今度は、袋からお気に入りのクリームパンを取り出した。

「ラスカ、移動販売車にパンを見に来てたんだよね。なにか食べたいものある？」

「見る前に追い払われたから、選べなかった」

「かわいそう。残留思念回収を頑張って、さっさと刑期を終わらせるしかないね」

クリームパンをちぎって、ラスカのくちばしに向ける。ラスカはくちばしの先でぱくっとパンの欠片をつまんだ。

「そうだな。お陰様で、あと少しでもとに戻れそうだ」

しれっと言われて、霧嶋は一瞬、聞き流しそうになった。

「ふうん。……えっ！　本当に？」

首ごとラスカに向けると、ラスカも霧嶋を見た。

「残留思念の回収、それなりにやってきたからな。あと数件やれば、お許しが出る」

「カラスじゃなくなる？」

「そうだ。晴れてもとの体に戻れる」

「カラスじゃなくなっちゃうのか」

霧嶋はクリームパンを両手で持って、うなだれた。カラスから解放されるのはラスカにとっては喜ばしいことなのだが、霧嶋には少し、寂しさがあった。さっさと刑期を終わらせるようにと自分から言ったのに、本当に終わりが近いと知ると、取り消したくなる。

「せっかくきれいになってきたのに……」

「あ？　なんの話だ」

自分の毛並みが日々改善されているなど、ラスカ本人は気にしてもいなかった。霧嶋は青く光るラスカの背中を横目に、咳払いした。

「いや、こっちの話。それじゃ、無事にもとの体に戻ったらお祝いしよう。ご馳走を作ろう」

「あんた……ずっと思ってたんだが、本当に変な奴だな」

ラスカがベンチの背もたれから、霧嶋を覗き込む。

「俺は死神なんだけど。死神を呼んで『お祝い』とか。死神は不吉なものだろ。死を司ってんだぞ、怖くないのか」

死とは『お祝い』とは対極にある。人間であれば、忌避するのが一般的である。それを司る死神に、さも友人のように接する霧嶋という人間は、死神であるラスカから見ても、稀有な存在だった。霧嶋はクリームパンを口に入れ、怪訝な顔をした。

「今更？」

「だから、ずっと思ってた、って」

「うーん、たしかに死神って聞いたら、怖いと感じるのが自然かもしれないけど」

霧嶋は小さく唸り、首を傾げる。

「こんな人間くさい性格で、常に腹ペコで、しかも悪さしてカラスにされた間抜けな死神をどうやって怖がれと……」

「喧嘩なら買うぞ」

ラスカが低い声を出す。霧嶋はあははと笑い、冬空を見上げた。

「それはさておき、人間が死神を怖がるのは、死に近づけられるものだと感じてるからでしょ。ラスカが言ってるように、亡くなった人をあの世へ送り届けてるだけなら、それはむしろ優しいものじゃないかな」

手元のパンから、黄色いカスタードが溢れ出す。ラスカは、黒いくちばしを下に向けた。

「そんなロマンチックなもんじゃねえよ。死んだら終わりだ。死神は単なる掃除屋。それこそカラスが自然界においてスカベンジャーの役割してんのと同じ」

自嘲的に言って、ラスカは目を閉じた。

「〝あの世〟なんて、たぶんそういう言葉でごまかしてるだけで、本当はその先の世界なんかない」

「ははは。そうだよね。わかってるよ」

霧嶋は開き直って笑った。

「僕の知らないどこかで千晴さんが元気に暮らしていて、千晴さんのいるところへ君が連れて行ってくれるなんて、そんな都合のいい話があるわけない」

「そう思ってんのに、優しいなんて言ったのかよ」

「まあほら、死神が人を殺してるわけじゃないんだから、怖がるようなものではないって言いたかった」

霧嶋は言葉を変えて言い直し、クリームパンを頬張った。おいしそうに食べる横顔を、ラスカはつぶらな瞳で眺める。

「でも、殺さないだけで殺せるぞ」

「ん？」

「前にも言ったが、死神は人間を遥かに凌駕する力を持ってる。人間なんて、一瞬で捻りつぶせる」

ラスカは、霧嶋と出会ったばかりの頃に話した内容を反芻した。そして、彼らを縛る戒律を口にする。

「死神には三つの掟がある。端的にいうと、ひとつ、人の命を弄ぶな。ふたつ、人間と関わるな。三つ、仕事の責任を放棄するな。ひとつ目のルールがあるから、殺さないってだけで、殺せないわけじゃない。逆に言えば、わざわざ掟を作らないと、平気で人を殺す。それが死神だ」

ラスカの羽毛が、冬の陽の光を受けてきらりと艶めく。

「死神なんて結構テキトーだから、掟を破ってもバレなければやってないのと同じだ」

「そうだねえ、『人間と関わるな』があるのに、君はこうして僕と関わってる」

霧嶋は苦笑して、パンを齧る。ラスカは背を屈めて、霧嶋の顔を覗き込んだ。

「その気になれば、法で裁けない奴を殺すことだってできる。あんた方みたいに、いい子ちゃんじゃねえから」

「こら」

「バレなければ、痛くも痒くもない」

落ち着いた声色で言われ、霧嶋はパンを咥えてしばらく固まった。それから、溢れるカスタードクリームにぱくつく。

「でもさ、どんな理由があっても、人を殺したらいけないんだよ。これまでの殺人事件の犯人と同じになっちゃうよ」

「勧善懲悪だけが全ての基準じゃないぞ」

「警察官になんてこと言うんだ」

霧嶋がラスカの額を指先でつつくと、ラスカはぎゅっと目を瞑った。首を引っ込めて指を逃れたラスカが、ベンチの背もたれにくちばしを擦りつける。食後のくちばしを拭って、彼は挨拶もなく飛び立った。黒い翼の影が、太陽の光で欠けて見える。霧嶋は遠くなっていく鳥影を眺めて、手元のクリームパンにかぶりついた。

そんな昼下がりから、半日と数時間後。夜明け前の北署に、通報の電話が鳴り響くのだった。

＊＊＊

翌朝、市内のとある木造住宅――の、焼け跡。

未明に火災が発生した。乾燥する季節だったせいもあって激しく燃え上がり、消火に時間がかかり、完全に消し止められたのは日が昇ってからだった。

現在、警察と消防が合同で鎮火後の調査に入っている。当然、早朝呼び出しを食らった霧嶋は、休暇の土曜日を失った。

現場は黒く焦げた柱と屋根組だけが残っている。焼け跡から発見された焼死体を見て、先輩刑事が吐きそうになって現場を飛び出していく。一方で霧嶋は、妙に平常心で、黒焦げになって顔もわからない仏に手を合わせた。

藤谷が険しい顔で嘆息する。

「一連の放火事件の延長か？　これまでの三件は、住宅ひと棟焼くための予行練習ってか」

現場は閑静な住宅街、立入禁止のテープの外側で、近隣住民がざわついている。この建物は全焼したが、幸い延焼は少なかった。死者はこの建物の寝室にいた、黒焦げの遺体だけである。

「これじゃあ顔がわかんねえが……この様子なら、ここの世帯主で間違いないだろうな」

藤谷が腕を組む。この木造住宅は、横江恭司（よこえきょうじ）という独居老人の家だった。火災後、家主と連絡が取れない。

霧嶋は手袋を嵌めた手で、室内に落ちていたパスポートを拾った。半分以上が燃えてなくなっているが、顔写真と名前は読み取れる。

横江恭司、七十一歳。穏やかな垂れ目の、白髪頭の老人だ。どことなく品のいい雰囲気が漂っているその人だが、寝そべっている焼死体には見る影もない。

「霧嶋。お前が聞いた目撃情報だと、たしか、放火の疑いがあるのは、中高生くらいの三人組っつったな」

藤谷は、霧嶋から受けつけていた情報を反芻した。

「現場周辺を偵察していた学生がいなかったか、聞き込みと防犯カメラのチェックだ。これまでの三件の現場も再確認するぞ」

「はい」

ふと顔を上げると、燃え残った真っ黒な屋根組に、カラスの影を見つけた。前屈みになって、現場を調べる刑事たちを見下ろしている。

霧嶋が現場から離脱して隣の建物の裏へ回ると、カラスも下りてきて、彼の肩にとまった。

「やっぱりラスカか」

「すげー燃えてたな」

ラスカは近隣住民と同じく、野次馬のひとりだった。とはいえ彼には彼の、やることがある。霧嶋は肩のラスカに問う。

「残留思念、回収できた？」

「まだ。あんたら捜査員が引いてから、じっくりやる」

ラスカはラスカで、死神として、あの焼死体の残留思念をあの世へ届ける仕事があった。

「知ってる奴だった。顔見知り程度、っつうか、向こうは俺のことわかんねえだろうけど」

ラスカがぽつりと零す。霧嶋はああそうか、と口の中で呟いた。遺体は真っ黒に焦げて、もはや誰だかわからないくらい面影がないが、残留思念は生きていた当時の姿をしている。ラスカにはその人の顔がわかるのだ。

知人が変わり果てた姿になって、そこに残留思念として、もとの姿がある。どんな気持ちになるだろうかと考えると、霧嶋は胃が痛くなった。

「ラスカ、横江さんを知ってるんだね」

「名前は知らねえけど、河川敷でよく見る人だった」

ラスカの膨らんだ羽毛が、霧嶋の頬を擽る。

「ガリガリに痩せた、髪の薄いじいさんだろ。頬に目立つほくろのある人だから、覚えてた」

「誰？」

霧嶋は、ぎょっとして背筋が伸びた。霧嶋がパスポートの写真で見た横江は、白髪の老人だった。ラスカの言う容姿とは、全く違う。持ち出してきたパスポートを、ラスカに見せる。

「この人じゃなかった？」

ラスカが一歩踏み出して、首を伸ばしてパスポートを覗き込む。

「誰だこいつ。残留思念はこのじいさんじゃなかった。ほくろのじいさんだった」

「ええ……つまり、亡くなってるのは、この家の人じゃない……!?」

ならば死んでいるのは誰で、本物の横江はどこへ消えたのか。この家の住人だったのなら、身元を確認してあとは放火の犯人を追うまでだったのに、別の事件が絡んできてしまった。

「なんでこういう事件が起きるかな……やめてもらいたい」

頭を抱える霧嶋の耳に、藤谷の声が入った。

「霧嶋ー！　どこ行ったあいつ！」

「呼ばれてる。ラスカ、あとでそのほくろのおじいさんのこと、詳しく聞かせて」

ラスカを手に乗せて、高く上げる。ラスカは放られるようにして飛び去っていった。

＊＊＊

焼死体はおおよそ横江で間違いないだろうと見られつつも、身元をはっきりさせるため、司法解剖に送られた。火災の被害に遭ったと見られる横江は、警察に事情を調査されている。彼は何十年も前に妻を亡くし、子供もいなかった。

「横江恭司は数年前まで骨董品を扱う店を営んでいたが、今では店は畳んでいるな。金には余裕があり、山間地に別荘を持っている」

資料を片手に藤谷が読み上げる。霧嶋は、この別荘が引っかかった。

「横江さんはその別荘にいるのか……？」

呟いた彼に、藤谷が気色ばむ。

「なに言ってんだ、横江さんは火災で死んでる」

「あの遺体、横江さんじゃなくて別の人だと思うんです」

気持ちが逸った霧嶋は、藤谷にラスカの言葉を告げた。藤谷が呆れ顔になる。

「あのなあ霧嶋。この状況でなんで横江さん以外の誰かが死ぬんだよ。あそこは横江さんの自宅、世帯主のひとり暮らし、時間的にも家で寝てる頃。遺体の性別も一致。これで別人だったら別の事件だろうが」

「だから、別の事件なんです……！」

これから解剖の結果が出て、ＤＮＡ型や歯型、血液型、骨や傷から治療歴まで明らかになる。そうなれば、必ず違和感が出てくる。さらに病歴まで捜査すれば、横江ではないと判明するはずだ。

霧嶋がそわそわしていると、やがて藤谷は、憐れむような目で言った。

「霧嶋。お前さん、この件から外れろ」

「なんでですか⁉」

突然の通告に、霧嶋は耳を疑った。だが藤谷は態度を変えない。

「お前な、最近ちょっと、突っ走りすぎだ。俺もそういうタイプだから、なるべく理解してやりたいし、捜査に付き合うようにはしているが……この頃、度がすぎる」

霧嶋はどきりとした。ラスカからヒントを貰える自分は、上が決めた捜査方針に度々背いてきた。足並みを揃えなければ本来であれば咎められるところだが、これまで藤谷に大目に見てもらっていたのだ。藤谷の懐の広さに甘えていた自分に気づき、霧嶋は言葉を呑んだ。藤谷が、優しさと厳しさの入り混じった声色で続ける。

「それとな、お前の精神面が心配なんだ。近頃、裏の公園でカラスに餌やってんだろ」

霧嶋はまた、どきんと心臓を跳ね上げた。

「な、なぜそれを」

「あの公園、会計課のとこの窓から丸見えなんだよ。気づかれてないとでも思ってたのか」

藤谷にはっきりと告げられ、霧嶋はますます肩を強張らせる。藤谷はこの際だからと、彼に諸々を突きつけた。

「しかもどうも、カラスに話しかけてるっぽいよな。お前さん、『カラスとお友達になった不思議ちゃん残念美人』って呼ばれてるぞ。かわいいからそっとしておけと言われてるが、正直、俺はお前のメンタルが心配で仕方ねえ」

「うわああ、見られてた……恥ずかしい」

霧嶋は熱くなった顔を覆った。カラス状態のラスカとの休憩時間は、いつの間にか職場のエンタメにされていた。しかも藤谷からは、心配までされている。これから会計課に用があるとき、どんな顔をして行けばいいのやら。霧嶋が顔を塞いで俯いていると、藤谷は少し、真剣なトーンで語りかけた。

「奥さん亡くして以降、かなり無理してるだろ。お前はもう少し余裕を持ったほうがいい。だから、この捜査からは外れて、休んでくれ」

藤谷は、霧嶋がどれほど妻、千晴に惚れ込んでいたか、よく知っている。これは藤谷の優しさだ。

霧嶋は、放火事件からは手を引きたくなかったが、藤谷の気持ちを無下にもできなかった。

「はい……」

「よし」

藤谷は口角を吊り上げ、霧嶋の肩をぽんと叩いた。

「あれからもうすぐ一年になるだろ。ぼちぼち新しい人、探したらどうだ」

「無理です。千晴さんじゃなきゃ」

「そんなんだから精神的に崩れるんだよ。こんなのお前さんの大好きな千晴さんだって、望んじゃいねえ」

藤谷のお節介なひと言に、霧嶋は乾いた笑いで返した。

捜査員から外された霧嶋は、その日は署で調書作成に勤しんでいた。

刑事の仕事は、外での捜査以外にもやることがたくさんある。書いても書いても終わりが見えない調書の作成はそのひとつで、霧嶋はひたすらパソコンと向かい合う。

一方で、焼け跡の遺体の司法解剖の結果が出て、遺体と横江が別人であると判明した。居住者以外の遺体という異様な事態に、捜査員たちは騒然としている。即座に警察本部と合同の捜査本部が組まれ、遺体の身元特定と同時進行で、横江の足取りを追う方針が立った。連続していた不審火と今回の件を関連付けて捜査している。

霧嶋は、コツコツと事務作業を続けていた。途中、同じ刑事課、盗犯係である先輩の岡崎から、資料確認の手伝いを求められた。

「今日起きた車上荒らしの案件、被疑者が強盗の前科がある可能性が出てきた。過去五年くらいのデータひっくり返すから、お前も手ぇ貸してくれ」

「はい」

起きている事件は例の火災だけではない。霧嶋は岡崎とともに過去の事件のデータを確認し、当該事件のヒントを探した。

五年前の強盗被害のデータを見ていた霧嶋は、とある未解決事件に目を留めた。資産家の家に強盗が押し入り、現金とともに金目の物数点を奪い去っている。資料には盗まれた品を写した写真が添付されている。宝石類がメインだが、その中にひとつ、異質なものがあった。

鳥の絵が彫られた、金色の懐中時計である。海外の彫刻家の作品で歴史的な価値が高く、もう五年もするとさらに値がつく代物らしい。

横向きの鳥のシルエットに、霧嶋はつい手を止めた。美術品に疎い彼には、「日中のラスカみたいだ」程度の感想しか思い浮かばない。

古美術というと、火災に見舞われた家の主、横江も骨董品を集めていた。資料を捲りながらそんなことを考えていると、霧嶋の耳に、外から帰ってきた捜査員の声が届いた。

「放火の被疑者の取り調べが始まるぞ」

それを聞いて、岡崎が資料をもとの場所へ戻す。

「おっ、見に行こうぜ」

岡崎に誘われて、霧嶋も資料を返した。

署の取調室は、マジックミラーが嵌められており、廊下から中を見られるようになっている。霧嶋はこの窓の前に立ち、中で取り調べを受ける少年と、担当になった藤谷と、彼の今日の相方になった本部員の様子を見ていた。

捕まった少年は、十六歳のフリーターだった。連れのふたりとともに高校を中退して、動画配信者として活動を始めようとしていたと話す。あちこちで火を起こしていたのも、だんだん火災を大きくしていくいたずら動画の撮影だったと語った。

「小さい廃屋の次は農具小屋を燃やして、次はもっと大きい建物に放火するつもりでした。でも、農具小屋がうまく燃えなくて……」

逃れられないと悟った少年は、すっかり縮こまって素直に喋っている。

「こんなに大ごとになると思ってませんでした」

おとなしくなっている少年にも、藤谷は一切甘やかさなかった。

「人を殺しておいて、よく言う」

「えっ、殺……？」

少年が目を剝く。藤谷が険しい顔が、少年を睨む。

「火災を起こしておいて、大ごとになると思わなかったとはどういう感覚だ。お前らは遊びで人を殺したんだぞ」

「待ってください、俺、人を殺してなんて……」

「お前が燃やした建物には人が住んでたんだ」

「そ、そうだったのか……？」

少年の蒼白な顔が一層血の気を失う。霧嶋は、あれ、と眉を寄せた。嚙み合っていない。藤谷は横江の住宅火災の話をしているが、少年は別件、二度目の不審火の小屋の件だと誤認している気がする。

「俺は人を殺した……？　そんなはずない、人がいないの確認してからやってたんだから……」

「お前の仲間が自供したぞ。お前が、『次は人を巻き込もう』と企画していたってな」

「え……あ……でも俺、冗談で言っただけで……」

少年が震えている。霧嶋は息を吞んだ。一瞬は単なる食い違いかと思ったのだが、違う。

藤谷の目が、少年を射貫いて離さない。

「なら、昨日の夜から今朝まで、どこでなにをしていた？」

「コンビニの深夜バイトです。……三時まで」

「火災が起きたのは四時頃だ。バイト終わりに十分、横江さんの家に寄れるな」

「やってません、家に帰りました！」

「それを証明できる人は？」

怒鳴っているわけではないのに、藤谷の声色は、相手を怯ませる迫力を孕んでいた。

「他のふたりは、その時間にアリバイがあるんだけどな。お前にだけないんだ」

藤谷の低い声に、少年が萎縮する。藤谷は、ゆっくりと続けた。

「燃えやすそうな家を見つけたお前は、そこを次のターゲットに選んだ。たまたま横江さんが留守だったから、空き家だと勘違いした。そこへ被害者を連れてきて、人を燃やす実験台にした」

「違……！」

なにか言いたげな少年に、藤谷がますます凄む。

「あれが誰だったのかは、これからの捜査で明らかになる。お前の知人なんじゃないのか。お前が準備に使っていた、可燃性オイルに浸けた新聞紙の残骸も、今回の現場で見つかってる。動画撮影関係なく、試したんだな？」

「お、俺……」

「これだけ証拠が揃ってるんだ。わるあがきは自分の首を絞めるだけだぞ。な、吐いちまったほうが楽になる」

「でも、俺……やってな……」

様子を見ていた岡崎が、感心して腕を組む。

「すげえ、さすがは藤谷係長。あの人が本気出して取り調べすれば、あっという間だよな。これはもう落ちたも同然だ」

霧嶋の心臓が早鐘を打つ。この少年が捕まって、藤谷がこう推理するのも、自然な流れだろう。しかし少年の反応を見ると、どうもこの少年が殺人まで犯したとは思えない。なんだか今の藤谷は、一旦わざと誤認させて相手の動揺を誘い、自分に勢いをつける流れを作ったようにすら見えた。

岡崎が踵を返す。

「放火犯の被疑者は確定かな。あとは遺体の身元を特定して、横江さんの居場所を判明させないとな。さて、俺たちは窃盗事件のほうに集中だ。霧嶋、引き続き資料探し手伝ってくれ」

もっと悪質な、真犯人がいるのではないか。このままではあの少年が自白を強要され、本来の罪以上の罪を着せられる。横江がどこへ消えたのかだって、まだわからない。

霧嶋は愕然と立ち尽くした。

＊＊＊

翌日、捜査員から外された霧嶋は、平穏な日曜日を迎えた。久々にのんびりと過ごす休日だったが、霧嶋の胸の雲は晴れなかった。

焼け跡から見つかった遺体は、住んでいたはずの横江ではなかった。ならばあれは誰で、どうしてそこにいたのか。本物の横江と連絡がつかないのはなぜなのか。現場が横江の自宅で、横江本人がいなくなっているのだから、横江が殺して逃げたと考えるのが自然なはずだが、不審火を起こしていた少年にあらぬ容疑がかかって、捜査が斜め上に進んでいる。気になって仕方がない。なにか見落としているはずだ。

もやもやと考えあぐねる霧嶋の耳に、コン、と硬い音が届いた。音のほうを見ると、窓にカラスがとまっている。こんなに人馴れしたカラスは一羽しか知らないので、霧嶋は躊躇なく窓を開けた。

「どうした、ラスカ」

「ほくろのじいさんのこと聞かせろって言ったくせに、警察署にあんたがいなかったから、こっち見に来た」

ラスカがノコノコ歩いて、窓からリビングに入ってくる。霧嶋は腕を差し出してラスカを乗せ、ソファベッドに腰を下ろした。

「捜査から外されたんだよ。半分くらいは君のせいでね」

「あんだよ。俺がなにしたっていうんだ」

不服そうなラスカを膝に降ろすと、霧嶋は彼の背中に、無造作にはねた羽を見つけた。

その羽を指で撫でつける。

「外された理由はさておき、僕はあの遺体が気になって仕方がない。ラスカはあれが誰だったのか、知ってるんだよね」

残留思念という形で、ラスカは真の被害者の顔を見ている。撫でられるのは不本意だったラスカだが、癖毛を直されているのを汲み取り、おとなしく羽を触らせた。

「河川敷にいた、ホームレスのじいさんだ。いつも朝から空き缶拾いをしてて、ゴミの日は野良猫とカラスと揉めてる」

「ホームレスか……通院歴が限られてきそうだし、DNA型を取っても照合するDNAがない。親族との連絡も難しそうだな」

捜査が難航するのが目に見えている。ラスカが証人ではあるが、〝残留思念の顔〟が証拠では、警察は取り合わない。

膝の上のラスカは、霧嶋にうなじを向けてじっとしている。

「残留思念、すごく怖がってる顔してた。酷(ひで)えことする奴がいたもんだ」

「どうしてこんな目に遭わなくちゃいけなかったんだろう」

羽毛を整えた霧嶋は、ラスカの首を指先で擽り、宙を仰いだ。

「なんでホームレスのおじいさんが、横江さんの家にいたんだろう。横江さんとどういう関係だったんだ？」

「ほくろのじいさん、河川敷に住んでた。そこを調べればなんかわかるんじゃねえの」

ラスカは脚を畳み、霧嶋の膝に顎を置いた。フラットな姿勢になった彼の背中を、指輪を嵌めた手が滑る。心地よくなってきたラスカは、うとうとと目を瞑った。

「でもあんた、捜査外されてるんだったな。そんなら単独で勝手に調べたら、怒られんのか」

「そうだね、捜査からは外されてるけど……」

霧嶋はラスカの首の辺りに指をうずめた。羽毛がめくれると、内側に隠れていた白い短毛が覗く。

この事件とは関わるなとは言われているが、このままでは、少年に必要以上の罰が下り、本来裁かれるべき者が逃げ切ってしまう。殺されたホームレスも浮かばれない。

霧嶋は、ラスカの羽の奥を撫でながら、呟く。

「休みの日に河川敷を散歩するのは、個人の自由だよね」

「あんたなあ。せっかくの休日に、悪趣味だな」

首周りやくちばしの付け根をマッサージされ、ラスカはくったりと霧嶋に身を預けている。はらりとラスカの羽が抜けた。野性を失った姿を見下ろし、霧嶋は抜けた羽を拾う。

「道案内よろしくね、ラスカ」

市街地から二、三キロも離れると、市を東西に分ける川が見えてくる。川にかかった橋は約五百メートル、河川敷のヨシ原は野鳥の好む環境となっている。

霧嶋はラスカを伴って、この川の土手を訪れた。石造りの階段を下りると、雑草が生い茂った荒れ地に出る。飛んでいたラスカが霧嶋の肩に舞い降りた。ラスカが案内する橋の下には、ブルーシートで覆われた居住空間があった。酒の空き缶が転がっており、シートもぐしゃぐしゃに乱れている。

橋台にとまったハトの群れが、ふたりを観察している。視線に気づいたラスカがハトを見上げ、霧嶋に言った。

「あそこにいるハトが、河川敷で流木を燃やしてた奴が、火災の日の早朝にここの土手を歩いてるのを見たって言ってる。遠くで家が燃えてるのも、同時に見えたって」

「本当!?　連続放火の少年のアリバイを、ハトが証明するとは」

霧嶋は橋台のハトの群れを見上げた。ラスカも同じくくちばしを上に向けている。

「流木燃やしてたのが怖かったから、警戒してて、覚えてたそうだ。間違いなくそいつだって」

「それなら、横江さんの件は不審火が連続してるのに便乗した、別の犯罪だ」

ラスカはもう一度、橋台のハトの声を聞く。

「あいつら、ほくろのじいさんのことも見てる。日課の空き缶集めに出かけたきり帰ってきてないって話してる」

「誰かに無理やり連れ出されたんじゃなくて、出かけた先で火災に巻き込まれたのか」

ヨシ原がさわさわと揺れる。霧嶋は抜け殻になった居住空間に、胸を痛めた。

「となると、ホームレスのおじいさんは、横江さんと面識があって、空き缶集めに行った先で横江さんと会って家に上がった。そこで火災に遭った、ってことかな」

横江だけ逃げ出してそのまま行方を晦ませているのまで踏まえると、やはり横江が彼を殺したのだろうか。そこまで考えてから、霧嶋は思い直した。

「いや、ただ殺したいだけなら自分の家を燃やす必要なんかない。そんなリスクをおかすメリットがない」

「〝燃やす〟という行為自体に意味があったのかもしんねえな」

ラスカがくちばしを開く。

「建物が燃えると、それ以外の殺人と比べて、警察はなにが困る？」

「いろいろあるね。現場検証に時間がかかるとか、現場の処理とか……」

霧嶋は、自分が休んでいる間も駆け回っている同僚たちを思い浮かべた。

「遺体の損傷が酷いと、身元の特定に手こずる、とか」

言葉にしてみて、彼ははたと固まった。実際、今回の件は、解剖が行われるまで焼死体は横江のものだと思われていた。そして実際はホームレス、いなくなっても気づかれにくく、DNAの照合にも手間取りそうな人物だった。

「もしかして、犯人は横江さんじゃなくて、〝横江さんを死んだと見せかけたかった人〟なのか？　警察の目を欺こうとして、替え玉を用意した……？」

「だとしたら、本物の横江は、死んだってことにされてどっかに連れてかれた？」

小首を傾げるラスカを、霧嶋は横目で一瞥した。この推理が正しければ、少年の放火跡を調べて、同じ手口で建物を焼き、横江を連れ去った真犯人がいることになる。

「だけど、犯人の行動は、かえって自分を不利にしてるよね。単に横江さんを連れ去るだけなら、どうかすると捜索願すら出されない。それなのにわざわざ火事と殺人まで足して大ごとにしたら、警察の捜査が大きくなる。どっちにしろ遺体の解剖で横江さんじゃないのはバレるんだから、時間稼ぎ程度にしかならない」

ホームレスの死は、替え玉以外になにか理由があるはずだ。

霧嶋はブルーシートの前をあとにした。橋の下から土手へと戻る途中、パッと、短く触れただけの車のクラクション音が聞こえた。顔を上げた先には、土手にとまった黒いスポーツカーがある。窓から顔を出すその男を見て、霧嶋は目をぱちぱちさせた。

「藤谷係長」

「よ。なにしてんだ霧嶋」

通りかかった藤谷である。霧嶋は土手のほうへ向かいつつ、返事をした。

「ちょっと調べ……散歩です」

肩からラスカが飛ぶ。藤谷はぎょっとして仰け反った。またカラスといたのかと突っ込みそうになった藤谷だったが、そこは呑み込んで、車から降りた。飛び立ったラスカが、土手の柵にとまる。霧嶋も土手の階段を上がり、藤谷に小声で尋ねた。

「火災の件、なにかわかりましたか？」

「横江さんの山奥の別荘を調べたが、やはりいないな」

放火犯として少年を留置し、横江の行方を追いながら遺体の身元を調べている状況である。

「横江さんには家族はいないが、仲の良かった若い男がいてな。その人が横江さんから別荘の鍵を受け取っていた。彼の立ち会いのもと、調べた」

「なにもなかったんですか」

「数日中に人が入った形跡はあったんだがな。隅々まで見てもいないんじゃなあ」

ひとり言のような藤谷のぼやきを聞き、霧嶋は考えた。横江は火災が起きる前にでも、別荘へ行っていたのだろうか。

横江も彼を連れ去った犯人も、遺体の身元も、なにも判明していない状況だ。捜査の難航ぶりに、霧嶋は同情した。

「遺体の身元、この年齢層で通院歴が確認できないとなると、生活に困窮してたのかもしれませんね。ホームレスとかでしょうか」

はっきり言える確証が残留思念しかない以上、この程度の助言しかできない。藤谷はなるほどな、と唸った。

「足がつきにくいホームレスを、人を燃やす実験台に選んだ、と。あの十六の子供、とんでもないな」

そうではないが、ひとまずホームレスを特定してほしい霧嶋は、多くは語らなかった。

藤谷がはっとする。

「お前さん、捜査から外されたはずだぞ。この件はこっちに任せて、ちゃんと休め」

それから藤谷は、柵の向こうの河川敷に目を落とした。

「ここ……お前まさか、奥さんの転落事故、まだ調べてるのか？」

的外れな質問を受け、霧嶋は一旦、口を結んだ。藤谷がお節介を焼く。

「もう一年近く経つんだぞ。いい加減、前を向け。昨日も言ったろ。そうだ、知り合いのところにお前くらいの歳頃の娘さんがいるんだが、紹介するか？」

「いやあ、その……」

そのときだ。柵にとまっていたラスカが、突然飛んだ。藤谷の車目がけて滑空してくる。

藤谷は慌てて腕を広げた。

「わ！　なんだこいつ」

ラスカは足の爪を立てて、車の天井を撫でるように飛ぶ。藤谷が青い顔で悲鳴を上げた。

「うわー！　ボディに傷が！」

霧嶋も驚いて絶句した。藤谷に追い払われたラスカは彼の手を避けて、今度は藤谷自身の頭を掠めて、蹴りまで入れた。

「なんだなんだ！　やめろ！」

「こ、こら、ラスカ」

獰猛（どうもう）になったラスカに、霧嶋が声をかけるも、攻撃は止まらない。藤谷は目を白黒させて車のドアを開け、左ハンドルの運転席へと滑り込んだ。

「霧嶋、程々にな！」

藤谷は霧嶋にひと声かけて、カラスの猛攻から逃げるようにアクセルを踏んだ。さすがはスポーツカーといった走りで消えた藤谷を見送り、霧嶋は呆然とした。

ラスカが戻ってきて、霧嶋の肩に降りてくる。今しがたの荒々しさが嘘だったかのように落ち着いていた。霧嶋はまだ、衝撃を引きずっている。

「なにするんだ、ラスカ。藤谷係長にはお世話になってるのに。車に傷なんて、カラスの姿じゃなかったら損害賠償ものだよ」

「なんか、ムカついたから」

ラスカはつんとそっぽを向いた。彼は喧嘩腰な言葉遣いをするが、理由もなく人に襲いかかるような真似はしない。霧嶋は、ラスカの行動に驚きを隠せなかった。

ラスカがさらに、つっけんどんな態度で続ける。

「あんた、もうあいつと関わるな」

「無理だよ、同じ職場だし……どうしてそんなこと言うの？」

聞いても、ラスカは答えない。霧嶋は頰の横の黒い羽毛の塊を見つめた。

「もしかして、藤谷係長が、僕に千晴さん離れするように言ったから？」

ラスカはやはり答えない。それを肯定と捉えて、霧嶋は、はは、と掠れた笑い声を上げた。

「たしかに僕は千晴さんを忘れたくないけど、あれはあの人なりの優しさなんだよ。だからあんなに怒らなくてもいいのに」

霧嶋は、脇を流れる大きな川を振り向いた。

「ここはね、千晴さんの遺体が見つかった川なんだ。実際に引き上げられた場所は、ここよりもう少し上流だけどね」

今年の春、大雨の日、千晴はこの川に転落した。

「だから僕がここにいると、藤谷係長には僕が千晴さんの痕跡を探してるように見えるんだろうね。今更こんなところ調べないのに」

川面は日差しを反射してきらめいている。星を散らしたような水面に目を細める霧嶋を横目に、ラスカは舌打ちした。

「火災の件、調べるんだろ。次はどこ行くんだ」

さくっと切り替えた彼に釣られ、霧嶋も前を向く。

「横江さんの別荘へ行ってみようか」

＊＊＊

横江の別荘は、市街地から車で片道二時間程度の山の中にある。霧嶋が行かずとも、正規の捜査員がすでに立ち入って調査済みだったが、結局、横江も犯人も見つかっていない。

「藤谷係長をはじめ、捜査本部のほうでは不審火を起こしてた子を犯人にしようとしてるみたいだけど、ハトがアリバイを証明した以上、その推理はズレてるんだよね」

霧嶋は「休日の趣味のドライブ」と宣(のたま)って、横江の別荘を目指した。

山の中は道の脇に雪が積もり、路面が凍っている。助手席には、ラスカがいる。安全のため蓋を開けた段ボール箱に入れられ、箱ごとシートベルトで固定されていた。

「仮に白髪のじいさんを誘拐した真犯人がいるとしたら、金のかかってそうな建物が関係してそう、ってわけか」

「こんなややこしい事件に関わってるくらいだから、彼の資産になにかあると考えてる。でも建物の中はもう藤谷係長たちが調べてるし、鍵もかかってるだろうから、あくまで周辺を見るだけね」

人間の目では見落とすような痕跡でも、ラスカなら見つけるかもしれない。霧嶋はそんな望みに賭けて、この別荘を目指した。

枯れた木々が、狭い道路を挟んで生い茂っている。こんな冬山に入っていく車は自分たちの他には見当たらなかったが、道路には僅かに、先行者の轍(わだち)が残っている。上り坂がだんだん薄暗くなっていく。移動中の車内で、霧嶋とラスカは互いに意見を交わした。

「さっきの仮説どおり、横江さんが死んだと見せかけたい真犯人がいるとしたら、その人は解剖でバレるのを知らなかったのかな？」

霧嶋に言われ、ラスカは唸った。

「そうでもないと、ホームレスのほくろのじいさんが犠牲になった説明がつかないな」

それからラスカは、新たな説を挙げた。

「あるいは、ほくろのじいさんは、なにか犯人にとって都合の悪い事実を知ってしまって、口封じのために殺されたとか？」

「あり得るけど、犯人のリスクが大きすぎないかな。犯人の最終的な目的はわからないけど、なんにせよ殺人を犯せば大ごとになる。まあ、やるほうも気が動転してたりして、必ずしも合理的な理由があるとは限らないか」

やがてナビが周辺到着を知らせ、ふたりの前に二階建てのログハウスが現れた。辺りは雪が積もり、三角屋根も白く染められている。建物を守るかのように、背の高い木々が周りを囲んでいた。

霧嶋はあれ、と呟いた。建物の手前に、自分たち以外にも車が来ている。霧嶋は車を停めて、ドアを開けた。外へ降りると、山の冷たい空気にひゅっと全身を冷やされた。雪の上には、霧嶋が降り立つ前からひとり分の足跡が伸び、建物の中へと続いている。

霧嶋は、助手席からラスカ入りの段ボール箱を取り出した。箱の中でラスカがゴソゴソと蠢（うごめ）く。

「おい、出せ」

狭い箱の中で、尾羽が斜めにカーブしている。霧嶋が手を入れてラスカを掬（すく）おうとした、そのときだ。

ギイ、と、洋館の扉が開いた。霧嶋は箱に手を入れたまま固まり、そちらを振り向く。

扉の隙間から、男が顔を覗かせている。彼は霧嶋を見て、ぽかんと口を開けた。

二十代後半、霧嶋と概ね同じくらいの歳頃と思しき青年だ。細身の体に分厚いコートを羽織って、鼻の頭を赤くしている。

横江ではないし、捜査員でもなさそうである。霧嶋はつい、箱を抱える手に力が入った。しかし警戒しているのは、扉の向こうの青年も同じだ。

「ど、どちら様？」

「あ……横江さんについて、調べてる者です」

霧嶋が警察手帳を出すと、青年は目を丸くして、白い息を浮かべた。

久住春樹（くずみはるき）、二十八歳。横江とは骨董品を通して知り合った知人同士。別荘にいた青年は、そう語った。

「俺は横江さんから、この別荘の管理を任されていた者です。年に数回程度ですけど、定期的にメンテナンスを任されていて、合鍵を渡されているんです」

のほほんと愛想よく笑い、久住は霧嶋を建物の中へと招いた。

「びっくりしましたよ。車の音がしたから見てみたら、まさか刑事さんだなんて。しかもプライベートの」

「ははは……担当捜査員ではないんですけどね。個人的に気になることがあって、ドライブがてら周辺を見に来たんです」

霧嶋は、藤谷から聞いていた横江の知人男性の話を思い出していた。調査の際にこの別荘の鍵を開けたのは、横江から鍵を預かっていたこの久住なのだ。

霧嶋はラスカの箱を抱えて、久住についていく。建物は古く、手入れが行き届いていない。あまり人が立ち入らないのだろう、そこかしこにうっすらと埃が積もり、照明器具も曇っているのか、建物全体が薄暗い。入ってすぐの広間は、テーブルとそれを囲む三人がけのソファがふたつあるくらいだが、配置がやけに荒れている。警察が立ち入って、隅々まで調べた跡だ。

「横江さんの家が火災に遭って、本人も行方不明……とてもショックを受けました。歳は離れてますが、骨董品の話で盛り上がれる貴重な友人でしたから……」

外の雪のせいだろう。足音も話し声も、無音の中に吸い込まれて響かない。

ふと久住が、霧嶋の腕の中の箱を不思議そうに見る。

「ところで霧嶋さん、その箱はなんですか？」

「道中で怪我をした鳥を見つけたので、とりあえず保護したんです」

霧嶋はラスカの紹介が面倒で、顔色ひとつ変えずに嘘をついた。同時に、ラスカがぽこっと、箱から頭を出す。

見上げているラスカと目が合い、久住は感嘆した。

「わあ、カラス？　おとなしいですね」

「本当は野鳥を拾っちゃだめなのはわかってるんですが、雪の中で動けなくなってるのを見たら、かわいそうで……」

箱の中のラスカは、上から聞こえてくる霧嶋の紹介にむすっとしていた。こんな狭い箱からは一刻も早く出たいのに、怪我をしている設定にされてしまっては、自由に飛ぶこともできない。

久住は箱の中を覗き込み、怪我の箇所を探そうとした。

「怪我してるなら、こんな寒いところに連れてくるより、下山して動物病院に行ったほうがいいんじゃ……」

久住の発言はもっともだったが、霧嶋は笑顔のまま食い下がる。

「そうですね。その前に、建物の中を拝見しても？」

せっかく運よく、ラスカを連れて別荘の中に入ったのだ。もう少しだけ調べたい。久住はきょとんとして、頷いた。

「そっか、調べに来た刑事さんですもんね」

久住は快く承諾すると、広間の先へと霧嶋をいざなった。奥にはキッチンや浴室があり、階段を上ると寝室と書斎があった。いずれも部屋の扉が開け放たれていたり、床の埃に足跡が残っていたりと、警察が調べてそのままになっている。

霧嶋はまず、寝室に入った。同行する久住が話す。

「俺、横江さんがお店をやっていた頃、よく遊びに行ってまして。仲良くなって、この場所を教えてもらったんです。横江さんにはご家族がいませんでしたから、別荘の鍵は俺に託されました」

霧嶋が抱えた箱からは、ラスカが顔だけ出して周囲を見ていた。寝室にはなんの痕跡もない。書斎に移ると、霧嶋の目に真っ先に入ったのは、乱された本棚だった。

しかし箱から顔を出していたラスカの目は、別のものに奪われた。ラスカは声を上げそうになり、呑み込んで、代わりにバサバサ羽ばたいた。久住が驚いてのけぞる。

「わあっ、急に元気になった」

一方霧嶋は、これをラスカからのなんらかの信号と受け取った。

「どこか痛いのかも。水道を借りられますか？」

「どうぞ、一階奥のキッチンへ」

久住に案内され、霧嶋は階段を下りた。ラスカを箱ごと運び、キッチンへ入る。

「久住さん、柔らかい布、あります？」

「探してきます」

久住が立ち去ったのを見届け、改めて、霧嶋はラスカに向き直った。

「どうした？」

「あいつ、やばい」

ラスカは久住が戻ってくる前にと、早口で告げる。

「さっきの部屋に、残留思念があった。パスポートの、白髪のじいさんだ」

ない」

「知らねえよ。とにかく残留思念はそこにある。ここで死んだっつう事実だけは、間違い

所で死んでいたのだ。

「でも遺体も証拠品もない。あったらガサ入れの時点で気づかれる」

霧嶋の顔から血の気が引く。火災の犠牲者こそ横江ではなかったが、彼は彼で、別の場

「横江さん……!?」

ラスカが声を潜める。

別荘の管理を任されて鍵を受け取っていたという久住くらいしか、この場所で横江を殺せる人はいない。久住のにこやかな印象からは結びつかないが、緊張を緩めてはいけない。

真顔になる霧嶋に、ラスカが続ける。

「相手は人を殺してる。ここであんたがあいつに敵意を見せたら、なにをされるかわからない。こんな場所じゃ、怪我しても助けが遅くなる」

今は単独行動中で、手錠もない。建物の地の利も相手にある。凶悪犯と対峙すると、刑事がバディを組む重要性をひしひしと実感する。

霧嶋はひとつ、深呼吸をした。

「重要参考人だし、何度も署に引っ張られるはず。捜本はすでにガサ入れで証拠を掴んでるのかもしれない。裏付け捜査中の段階まで行ってるかも」

残留思念発見では、証拠にはならない。乱暴に確保できる段階でもない以上、霧嶋が余

計な行動を取るより、手を引いたほうがいい。

「いずれにせよ警察を名乗る僕がここにいたら、久住さんは警戒する。早めに帰ったほうがいいかな」

「ん。そんじゃ、俺をここへ置いていけ」

ラスカが箱を倒し、自力で床に這い出てくる。

「白髪のじいさんの残留思念、なんか、目線が気になった。あいつがなにを訴えてんのか、知りたい」

「目線……」

残留思念は、人が死の瞬間を迎えた場所を示すと同時に、その表情も、意味を持つ。死ぬ瞬間になにを考えていたのかが、顔や仕草に出る。

「でも、ラスカだけ置いて帰れないよ」

「うっせーな、俺はカラスだぞ。警戒されないし、なんかあっても高いところへ飛んで逃げられる」

そう言うとラスカはトコトコ歩きだして、キッチンの床を調べはじめた。

「最悪夕方六時まで粘れば、もとの姿に戻れる。そうなれば俺のほうが強い」

その黒い背中を眺め、霧嶋は眉を寄せる。

「君の身体能力の高さは認めるけど、ちょっと自信持ちすぎじゃない？」

霧嶋がそう言ったそばから、ラスカが床で躓(つまず)いた。腹からべしゃっと転ぶ彼を見て、霧嶋はより不安になった。

「ほら、君は自分が思ってるより遥かに鈍臭いんだよ」

「こっちの体ならな。もとの姿ならそんなことねえ」

ラスカは体勢を立て直し、自分の足を引っかけた床を睨んだ。床下収納の蓋のハンドルだ。人間の足なら引っかからないような溝に躓いて、ラスカは苛立ちを覚えた。

と、そのとき、キッチンの扉から、久住が顔を覗かせた。

「霧嶋さん、浴室からタオルを持ってきました。これで大丈夫でしょうか？」

穏やかな表情を見せる彼に、霧嶋も、なにも知らないかのようなほほ笑みで返した。

「ありがとうございます」

「お気になさらず！　あれ、鳥さん、歩いてますね」

タオルを数枚差し出して、久住はにこりと目を細めた。霧嶋も警戒心を露呈させず、朗らかに返す。

「そうなんです。このまま回復して、飛べるようになるといいんですけどね」

あらかじめ用意していたかのようにつらつらと虚言を並べ立てる。久住の三日月型に細くなった目が、ラスカを見下ろす。

「鳥さん、早く元気になるといいですね」

笑っているのに目が怖い、と、ラスカは思った。

その後霧嶋は、建物をもう一周した。ついでに部屋の扉はもちろん、棚や引き出しまで半開きにする。鳥の体では自由に開閉できないラスカが、中を調べられるよう隙間を作るのだ。ラスカを転ばせた床下収納も、蓋を開けておいた。中には保存の利くハムや缶詰が入っており、それを見てラスカは急激に腹をすかせた。

そのラスカは箱に入れられて、霧嶋に運ばれている。書斎でもう一度、残留思念の顔を眺める。

品のいいベストとループタイを身に着けた、白髪の老人だ。だがその仕草は、上品とはかけ離れた醜さがあった。床に四つん這いになって、顔を険しく歪めている。表情からは、見苦しいまでの執着が浮き出て見える。まるで、下にある〝なにか〟から目を離さないように、全身で見張っているかのようだった。

やがて久住が、ぽんと、霧嶋の肩を叩いた。

「霧嶋さん、そろそろ帰られては？」

穏やかな声に、霧嶋はぞくっと背筋をあわだてる。時刻は夕方五時半を回っていた。

「山の中だから、あんまり遅くなると危険ですよ。暗くなるのも早いですし」

「そうですね！　僕がいると久住さんも帰れない」

「そうそう。ここ、市街地まで二時間もかかるんですから」

久住は冗談交じりにやんわりと促す。久住から帰れと言われた今、これ以上は引き延ばせない。

「正規の捜査員でもないのに、突然の訪問、失礼しました。ご協力感謝します」

「いえいえ。俺も横江さんが心配でたまらないですから」

白々しく苦笑する久住の横には、床に張り付く残留思念がある。それが見えるラスカには、久住の笑顔は不気味でならなかった。

霧嶋は帰り支度がてら、久住の目を盗んでキッチンへと戻った。そこでラスカを箱から出す。

「本当に置いてくからね。頼んだよ」

「ん。さっさと帰れ」

ラスカはキッチンのシンク下の戸棚の中へと潜り、身を潜めている。

霧嶋は空箱を抱いて別荘を出た。彼が車に乗り込んでからも、久住は扉の前でにこにこして、霧嶋がいなくなるのを待っている。シートベルトで固定した空箱を一瞥してから、エンジンをかける。

霧嶋は後ろ髪を引かれつつも、「ラスカなら大丈夫だろう」とさほど心配せずに帰路についた。

＊＊＊

横江の別荘から戻った霧嶋は、北署に顔を出していた。

「お疲れ様でーす」

「なにしに来た！　お前なあ、休めっつったの聞いてなかったのか！」

署で調書を書いていた藤谷が、辟易した顔で叱る。

「それとも聞いている上で無視してんのか？　いい度胸だなあ。大物になるぞ」

「恐縮です。差し入れ買ってきました。藤谷係長、夕飯まだでしょう？」

霧嶋がコンビニの袋を掲げると、藤谷はむくれた顔を引っ込めた。ご機嫌を取った霧嶋は、買ってきた軽い夕食を藤谷のデスクに置く。

「ところで藤谷係長、さっき僕、偶然久住さんに会ったんです」

「久住？　横江さんの別荘の鍵を持たされてる、あの久住さんか」

機嫌はいいものの、藤谷の眉間の皺はなお深くなる。

「関わるなとあれほど言ってるのに、どうしてそう調べたがるんだ」

「あの人、怪しいですよね」

「そうか？　あの人は、別荘の鍵を持ってるのを自ら名乗り出てきたくらい協力的な人だぞ」

藤谷が回転椅子ごと霧嶋を振り向き、脚を組み直した。

「横江さんと接触したのは店を持ってた五年前が最後で、ずいぶんご無沙汰だったというし。怪しむ点はないだろ」

別荘で横江が死んでいるとは知らず、あくまで行方不明者として横江を捜している藤谷には、久住の危険度がわからないのだ。横江の死体でも見つからないと、久住の厄介具合が伝わらない。霧嶋は、課のデスクに置かれていた久住の資料を手に取った。

久住春樹、フリーター。他県住まいだが、年に数回別荘のメンテナンスに訪れている。今回は、横江の自宅が火災に遭ったと人伝に聞き、別荘の鍵を持ってこの地を訪れた。

と、されているが、これが嘘なのは霧嶋にはわかる。火災を起こしたのが久住ならば、彼が来たのは少なくとも火災より前だ。

そこまで考えてから、霧嶋はふと、引っかかりを覚えた。

「……久住さんは、いつからあの別荘に出入りしてるんだろう」

火災が起きたその日のうちに遺体の解剖の結果が出て、横江捜索が始まっている。別荘への家宅捜索も、火災発生当日中に令状が出た。一時は遺体を横江と見間違えてもいたが、すぐに誤解は解けて、警察は迅速に動いているのだ。

警察が別荘に注目するまでの僅か数時間の間に、久住は二時間かけて別荘へ行って、横江を殺して、証拠を隠滅して逃げ、家宅捜索に入る警察を連れてもう一度別荘を訪れたのか。

はたまた、家宅捜索のあとに再度やってきて、霧嶋が来るまでの数時間で、殺人と隠蔽をこなしたのか。後者なら、それまで横江とともにどこに身を潜めていたのだろうか。

どっちにしても、手際がよすぎる。

考え込む霧嶋に、藤谷がちらと目をやった。

「お前は考えなくていい。差し入れはありがたいが、帰れ。何度も言うけど、この件にはもう関わるな。俺が心配してやってんのに、その気持ちを無下にする気か？」

「すみません」

繰り返し警告する藤谷に、霧嶋は苦笑いした。

＊＊＊

その二時間前。

「さて、と」

霧嶋を見送った久住は、室内へと戻った。そして階段を上って、警察にひっくり返された書斎へと向かっていく。

彼の足音を聞いて、ラスカは戸棚をくちばしで押し開けた。キッチンを床から見上げる。体長五十センチ程度の小さな体では、あらゆるものが大きく見える。ラスカは小さな一歩を踏んで、キッチンの床を歩きだした。木の床を歩くと、爪が当たってテチテチと音が鳴る。もとの姿なら数歩の距離でも、今の歩幅だとずいぶん遠い。

キッチンを出たラスカは、広間を見渡した。横江の残留思念は、齧りつくような姿勢で下を見ていた。なにかあるとすれば、下の階だ。

二階からはミシミシと、久住の足音が聞こえてくる。山の中だから、あんまり遅くなると危険。暗くなるのも早い。市街地まで二時間もかかる——そう話していたのは久住なのに、出ていく気配がない。

ラスカは翼を広げ、ソファに飛び乗った。座面と背もたれの隙間にくちばしを突っ込み、なにもないのを確認して、次はテーブルの下へと潜る。飛ぶとはらりと羽が抜け落ちる。

ラスカはスタート地点であるキッチンに戻ってきた。くちばしの先をトンと床に置いて、ひと休みする。

開け放たれた床下収納から、ハムが覗いている。ラスカはそれに誘われるように、床下収納の中に入った。ハムを包むフィルムにはミストフーズのロゴがプリントされている。くちばしで破けそうだ、などと考えつつ、またくちばしを床にコンと置く。

そのとき、くちばしの先が立てた音に、ラスカははっとした。別の場所で床をついたときより、僅かに音程が高い。今度は強めにつついてみると、より高く、コンと響いた。

下に空洞がある音だ。床下収納の下に、さらにスペースがある。

途端にラスカは顔を上げ、食材の隙間から床下のさらに下への入り口を探した。収納の蓋のように、わかりやすいハンドルはない。

食材を押しのけて調べるうちに、彼は一箇所、僅かに床板が削れている場所を見つけた。何者かが爪を引っかけ、底を外した跡である。

ラスカはこの小さな痕跡にくちばしを差し込み、押し上げようとした。しかし食材が重石になって持ち上がらない。食材を収納の外に運び出そうにも、カラスの体では不可能だ。

ラスカは舌打ちしたのち、収納から這い出た。キッチンから広間へ出て、家具の上に飾られた置き時計を睨む。秒針が進む。

ギシ、と階段から音がした。ラスカは思わず身を細くする。羽音が二階まで聞こえたのだろう。下りてきた久住が、床にいるラスカを見るなり顔を顰めた。

「なんでこの鳥がいるんだ。あの男、連れて帰らなかったのか？」

霧嶋には見せなかった、冷酷な目をしている。霧嶋に対しては強気に振る舞ったラスカだが、内心彼も、この体で捕獲されたら抵抗できないことはわかっていた。バサッと舞い上がり、久住の頭上を乗り越え、逃げ場を探す。階段の上を飛んで二階へ向かうと、久住も追いかけてきた。

あの男は本当に、横江から別荘の鍵を手渡されていたのだろうか。本人は横江と仲が良かったように話すが、実際のところ、横江はここで死んでいる。鍵を持っているのはたしかだが、殺意があったのもまた、事実だ。

ラスカは風の気配を察知し、書斎へと入り込んだ。窓が開いている。床にへばりつく残留思念を横目に、ラスカは室内を突っ切り、外へと体を投げ出す。抜けた羽が周囲に散った。

彼が空中へ飛び出した瞬間、広間の置き時計が短針で六時を示した。まばたきの隙に、ラスカの体がもとの姿に変わる。こちらの体なら軽やかに動ける。彼は宙で姿勢を整えて、森の木に飛び移り、幹を蹴って雪の積もった地面へと着地した。

久住が窓から顔を出す頃には、ラスカは建物の陰に滑り込み、再び玄関から別荘に入った。

「……よし」

ようやく不自由のない体になったラスカは、さっそくキッチンに向かった。床下収納のハムと缶詰を放り出す。そしてカラスの視力で見つけた、収納の底の僅かな傷に爪を立てる。

カコ、と音がして、底が外れた。先には、階段が伸びている。この建物に地下があったとは、聞いていない。家宅捜索に入った警察は、気づいていただろうか。

二階の書斎から久住の足音がする。ラスカは呼吸を整えた。また久住に見つかったら面倒だ。さっと調べてさっともとに戻すのが賢明である。彼は階段へと足を踏み入れた。

下に進むにつれて、先は真っ暗になる。階段の先がどうなっているのか、全く見えない。手探りで身の回りを確認すると、指が照明のスイッチに触れ、パチリという音とともに周囲が明るくなった。小さな照明が点々と並んでおり、ラスカを地下へといざなっている。

横江の残留思念は、下に執着していた。だが一階にはなにもなかった。横江が見ていたのはさらにその下、この地下室だったのだ。

階段のいちばん下の段へと降り立つ。そこに広がっていた景色に、ラスカは呆然とした。

無機質なコンクリートの壁の薄暗い部屋に、無数の骨董品らしきものが押し込められている。壺や掛け軸から、壁に沿って置かれたガラスケースにずらりと並べられた宝飾品。

壁面には絵画が立てかけられ、あらゆる角度から見られているような気分になる。

打ちっぱなしのコンクリートの味気ない壁と、異質な華やかさを放つ絵画や彫刻の数々。それは美しくも妖しく、ラスカの目には毒々しく映った。

横江は地下にこんなものを隠していたのか、とラスカは骨董品を見回した。骨董品の価値などわからないラスカには、どれも気味の悪いガラクタに見える。置かれていたガラスケースを覗き込むと、ひとつ、目を引くものがあった。

金色の懐中時計だ。目を引いたといっても、これの価値がラスカにわかったわけではない。単にデザインが気にくわなかっただけである。金色の蓋にほっそりした鳥のシルエットが彫り込まれており、日中の自分の姿を見ているようで、妙に気分が悪い。

見てもわからない骨董品を眺めているより、早く戻って床下収納をもとどおりにしたほうがいい。そう考えたラスカは、早々に通ってきた階段を上った。床下収納から出て、外した底を戻し、荒らした食材も入れ直す。

キッチンを出ると、広間は照明を落とされて真っ暗になっていた。久住の気配もない。玄関は、外から鍵をかけられていた。窓の外を覗くと、久住の車がなくなっている。

「なんだ。いねえなら残留思念、回収しとくか」

ラスカはひとりごちて、書斎へ上がった。床に蟠りつく男のそばに座り、手を差し出す。

窓の外ではすっかり日が落ちて、暗くなった山道がだらりと延びている。来たときよりも、積もった雪が厚みを増していた。

＊＊＊

夜八時過ぎ、霧嶋はコートを羽織り、警察署の屋上へ外の空気を吸いに来た。コーヒーを片手に、小休憩を取る。以前、藤谷から「休むのも仕事だ」とコーヒーを奢ってもらってから、彼はここでリフレッシュするようになった。缶から立ち上る湯気が、北風で歪んでいる。

パサ、と羽音のような音が、鼓膜を擽る。

顔を上げると、黒いコートをはためかせる、人の姿のラスカがいた。日が落ちた暗闇の中、黒ずくめの彼は闇夜に溶けてしまったみたいに馴染んでいる。

「お帰り。よかったよ、無事に戻ってきたね。ラスカの身になにかあったらどうしようって、胃が痛かったんだからね」

「嘘つけ。大して心配してなかっただろ」

「あはは。信頼の裏返しだよ」

風の音が、霧嶋の声を掠めていく。

「屋上から入ってくるなんて、すごい身体能力だね。カラスのときならわかるけど、そっちの体でもできるんだ」

霧嶋がコーヒーを口に傾ける。ラスカのコートの裾が、風でぱたぱた揺れる。

「死神だからな」

死神は恐ろしく身軽である。民家の塀から屋根に移って、電線に飛び移って、四階建ての屋上の柵さえ飛び越えてくる。

「あの久住っつう不気味な奴、あんたが帰ったあともしばらく、なにか捜し物してた」

「そうか。別荘になにか隠し資産があって、それを手にするために、横江さんを殺したのかな……」

「だろうな。残留思念は地下の骨董品にご執心だった。たぶんあれが、久住の捜してたものだ」

「地下？」

霧嶋がきょとんとする。ラスカはポケットに手を突っ込み、言った。

「キッチンの床下収納が二重底。底を外すと地下室に繋がってた。そこにわけわかんねーガラクタがたくさん置いてあった」

「地下室があったなんて。よく見つけたね。警察も見つけたのかな」

驚きを滲ませる霧嶋に、ラスカは小さく首を捻る。

「どうだかな。空間があるから床を叩いたときの音程が違うけど、床下収納の蓋が閉まっていれば収納の空洞だとしか思わない。気づくのは難しいと思う」

ラスカだって、小さな鳥の体で収納の中に入ってみて、気づいたくらいだ。

「おそらく久住も、地下室の存在に気づいてない。あんたの考えるように、じいさんの資産が目的だったなら、あの骨董品が目当てだろう」

「なるほどね。価値のある骨董品を手に入れるために横江さんを誘拐して、ありかを聞き出した。横江さんは脅されるままに別荘へ案内させられ、そこで殺された。ところが久住さんは、隠し場所が地下室だったとまでは聞いてなかった、と」

霧嶋は星の浮かぶ夜空を仰いだ。

横江を殺した久住は、横江の遺体から別荘の鍵を入手し、自由に出入りできるようになった。そしてあるはずの骨董品を探して、別荘の中を調べていたのだ。

「ちなみにラスカ、骨董品はどんなのがあった？　高価そう？」

ラスカに価値を見抜けるとは期待していないが、霧嶋はなにげなく尋ねた。ラスカも、わかるわけがないだろうといった顔で答える。

「ガラクタにしか見えねえけど、わかる奴にはわかるんじゃねえの？　覚えてんの、小さい時計くらいだ」

「時計かあ。ラスカの記憶に残っちゃうくらいかっこよかった？」

「逆。引くほど趣味が悪い。ギラギラした金の懐中時計で、鳥のシルエットが彫られてる」

ラスカの回答を受け、霧嶋の体に電撃が走った。頭に思い浮かぶのは、強盗事件の資料で見た、ラスカのような絵が彫られた懐中時計だ。

「鳥のシルエットって、ラスカみたいな？」

ラスカが露骨に不機嫌になる。

「そうやってからかう奴がいるから、ああいうデザインはいけ好かねえんだ」

「それ、もしかしたら盗品かも。五年前の強盗事件で盗まれた時計かもしれない」

「あんなのが？」

ラスカは地下室で見た金時計を、頭に思い浮かべた。

「あれが盗品だとしたら、横江はその強盗事件に一枚噛んでたのか？」

「売られて横江さんのもとに流れ着いただけかもしれないけど、わざわざ地下室に隠し持ってたと考えると……ね」

霧嶋はふう、とコーヒーの湯気にため息を吐いた。放火、謎の遺体、行方不明の横江、その横江が残留思念で見つかったときて、今度は五年前の強盗事件まで絡んできた。

霧嶋は思考を巡らせた。久住は、横江に物を盗まれた被害者？　いや、それなら横江を誘拐したりしない。横江が持っていると特定できているなら、警察に届け出る。それをしないのは、自分にも後ろめたい部分があったから。

「たとえば、久住さんが強盗事件の犯人で、横江さんはその協力者。横江さんは、盗んだものを保管する役割を担っていた、とか」

ところが横江が約束を反故にして、盗品を持ち去って行方を晦ませた。五年ぶりに横江を発見した久住が、横江に盗品の場所を吐かせるべく、誘拐した――それなら、諸々に説明がつく。

しかしここで、霧嶋は思考の壁にぶつかった。

「でも、やっぱり火災を起こす理由がわからない」

横江の骨董品目当てなら、本人から場所を聞き出すだけでいいはずだ。

ホームレスを巻き込んだ火災のせいで横江に注目が集まれば、せっかく人目に触れにくい別荘に、警察が来てしまう。

ラスカがふむ、と虚空を仰ぐ。

「順番が違う……？」

彼の呟きを聞いて、霧嶋は、あっと声を出した。

犯人は横江を連れ去るために、替え玉を用意して火災を起こしたわけではない。

だとすれば、思い込んでいた時系列が崩れる。

「先に横江さんを誘拐して、殺してから、火をつけたんだ」

それならば、横江を連れ去ってから尋問し、別荘まで案内させ、殺して証拠を隠滅できるくらい、時間をたっぷり取れる。

「盗みに加担してたとしたら、横江さんの自宅に、久住さんにとって都合の悪い情報があってもおかしくない。まとめて処分するために、火をつけた」

「ほくろのじいさんは？」

ラスカに聞かれ、霧嶋は眉を寄せた。

「建物に火種を置く久住さんを見てしまったとか、かな。目撃者として喋らせないために、口を塞いだ」

すでに横江を殺したあとだとしたら、罪を隠すためにもうひとり殺すことも、あり得る。

「久住さんが横江さんと一緒にいた痕跡を見つけられれば……。だけど藤谷係長、久住さんを全然疑ってなかったな」

久住はかなり犯罪慣れしている。追い詰めるのには苦戦しそうだが、それでも希望は見えてきた。

霧嶋はラスカに背を向ける。

「ありがとうラスカ。藤谷係長と、それと課長と話してくる」

「ん。待て」

ひんやりした空気が、ラスカの声をしっとりと包む。デスクに戻ろうとした霧嶋だったが、立ち止まって、再びラスカを振り向いた。ラスカはコートのポケットに手を突っ込んで、立っている。

「相棒のおっさんと関わるの、やめとけっつったろ」

そういえばそんなことを言われた、と、霧嶋は今思い出した。

「仕事だから無理だって言ったでしょ。なんかラスカ、藤谷係長のこと嫌いだよね。あの人といると僕と喋れないから、退屈？」

半分冗談を織り交ぜて返す。ラスカは怒りも笑いもせず、黙って霧嶋の真面目な反応を待っていた。霧嶋はラスカの真剣な目を見て、言った。

「君、僕になにか隠しごとしてるでしょ」

返事はない。ラスカは黙って、霧嶋を見据えている。霧嶋はラスカの無表情を眺めたのち、尋ねる。

「これだけじゃない。紬ちゃんに、なにを頼んだ？」

びゅう、と風が強く吹き付けた。木々がさざめく音が、どこからともなく聞こえてくる。

「腹の中まで全部見せろとは言わないよ。でもさ、藤谷係長をやたら邪険にしたり、僕に黙って大事な従妹の紬ちゃんを使ったり、そういうのは、不安になるよ」

冷めていく缶コーヒーを、きゅっと握る。

霧嶋には、時々ラスカがわからなくなる。人間である霧嶋に無関心なようでいて、無茶なくらいに協力的でもあり、そのくせ下手な隠しごとをする。

ラスカは口を閉じ、目を伏せて、しばらく押し黙っていた。やがて腹を決めて、はっきりと答えた。

「あんたの奥さん、千晴さんを殺した奴、捜してた」

霧嶋の表情から余裕が消える。

「殺した……？」

声が、僅かに震える。

「なにを言ってるんだ？　千晴さんは、転落事故だって……」

「今年の春、川で死んだ女は、直前に橋で車にはねられた」

ラスカはもう、ためらうのをやめた。

「はねた車の運転者は、その女を川に投げ捨てたんだよ。事故を隠蔽するために」

凍てつくような風が通り過ぎた。絶句する霧嶋のコートの裾が膨らみ、ラスカの前髪が片目を覆う。傷跡のような月がふたりを見下ろしている。

霧嶋の口から、白い息が溢れた。

「千晴さんは……殺された……？」

「そうだ。あの人が車にはねられたのを、別の死神が見てる」

ラスカは奥歯を噛み、色を失う霧嶋を見つめた。

霧嶋の頭の中に、愛おしい日々がフラッシュバックする。作った料理を食べて「おいしい」と綻ばせる頬。好きだと叫ぶたびに見せるうっとうしそうな苦笑い。目を覚まして手を振ったあと、再びまどろんで落ちていく寝顔。

「嘘だ、だって検死の結果が出てる。溺死だって」

「だから、はねられた時点では生きてたんだよ。まだ生きてたのに、川に投げ入れられたんだ。遺体が見つからなければ、轢き逃げだってバレずに済むから」

全てが奪い去られた、あの雨の日。あれからずっと、濡れたアスファルトと氾濫した川のせいにして、誰も悪くない不幸な事故のせいにして、やりきれない想いを封じ込めてきた。

それが、自然の脅威のせいではないのだとしたら。

「ありえない。それだったら、外傷からわかるはず……」

「濁流でいろんな物が流されてたから、傷の要因はいくらでもあった。あんたはその日、別の場所にいたから現場の川を見てないだろうけど、想像はできるだろ」

ラスカの声に、霧嶋は脳が痺れる感覚を覚えた。流れてくる流木やゴミに押しつぶされる、千晴の心境を思うと、頭がショートしたみたいになにも考えられなくなる。

「……嘘だ」

「信じたくないなら、信じなくてもいい」

ラスカの声が、冷たい空気に響く。

「俺は目撃した死神からはねた車の特徴を聞いて、事故の日のあとに傷や凹みを直してる板金屋がいないか、捜した。紬にも、協力してもらって」

妙に落ち着いたラスカの声色が、霧嶋の心臓をどくどくと暴れさせる。

「日本ではかなり珍しい車だ、入庫した板金屋も覚えてた。紬に『知り合いの車が事故に遭った』って言わせて、板金屋から客の情報を聞き出させた」

そして彼は、それと同じナンバーの車に乗っている男を見つけた。そこまで聞いて、霧嶋はまさか、と息を呑んだ。

「それで……目星をつけた車に、爪痕をつけたのか？」

「轢き逃げの可能性があるとしたら、板金屋も慎重に調べるだろ。傷消しのためにもう一度同じ板金屋に入れれば、店が事故の証拠を見つけてくれるかもしれない。って、期待を込めて」

ラスカの言葉を噛みしめ、霧嶋は絶句した。すっかり冷めた缶コーヒーを、両手で握りしめる。

「なんで……違う、あの人はそんな人じゃない。だってずっと、僕の身勝手にも付き合ってくれて……！」

その表情と向き合えなかったラスカは、無意識に目線を下に落とした。

塗り潰したような夜空に、星が瞬く。さわさわと、風が木の葉を揺する音がする。冷たくなったコーヒーとともに、霧嶋の指もすっかり体温を奪われていた。

「そんな……それじゃ、僕は今まで……」

向こうはわかっていたはずだ。わかっていて、素知らぬふりで接してきていた。

これまで寄せていた信頼が、一気にひっくり返った。

──円滑な人間関係を保つために、多少自分を偽るという気持ちは、わからなくはねえなあ。

──ああ、犯罪を隠そうとして犯罪を重ねた、そうかもな。

かつての彼の言葉が、今になって別の意味合いを持って立体感を増してくる。

「千晴さんを、忘れさせようとするのも……？」

愕然とする霧嶋を見つめ、ラスカは白い息を吐いた。

「真実なんて、あんたを傷つけるだけだ。だから今まで黙って調べてた」

「ふざけるな。僕が知らなくていいわけないだろ」

霧嶋は静かに、それでいて強く、声を絞り出した。

「僕が傷つくとか、どうでもいいんだよ。僕は千晴さんを失ったんだ。千晴さんなんか全部奪われた。とっくにボロボロに傷ついてる。真実を知る権利くらい……！」

「言えねえよ。あんたがそういう顔すんの、わかってんのに」

言い返すラスカの声は、どこか脱力して、そしてやるせなさが滲み出していた。霧嶋は奥歯を噛みしめた。受け止めきれない衝撃で、冷静さを失っている。その自覚を取り戻した霧嶋は、改めてラスカの顔を見た。

自分がすべきことは、ラスカへの八つ当たりではない。真相を知ったのなら、向き合わなくてはならない。一年近く前に封じ込めたこの感情を、向けるべき相手に向けなくてはならない。

「……これじゃ証拠が足りない。確たる証拠がないと……」

状況から見て犯人は間違いなくても、訴えるには情報が足りない。

「仮に傷消しついでに店が証拠を見つけたとしても、きっとそんな真実は揉み消される」

「だろうな。俺とあんただけが真相を知って、終わりだ」

「今までどおり千晴さんの死の真実がなあなあにされて、逃げ切られて……。なんでだよ。そんなの、許されるはずないだろ」

まだ感情を掻き乱している霧嶋を、ラスカはじっと眺めていた。

「憎いか？」

夜空に向かっていく吐息が、じわりと消える。

「殺してしまいたいか？」

霧嶋は、目を目開いて硬直していた。無意識のうちに息まで止まっていた。前髪の隙間から覗くラスカの瞳が、霧嶋を射貫く。

「殺してやろうか？」

——その気になれば、法で裁けない奴を殺すことだってできる。

数日前のラスカの言葉が、霧嶋をはっとさせた。

なにか言おうとした。しかし声が出ない。ラスカは一歩、霧嶋のほうへ踏み出した。

「あんたは警察官だし、そもそも人間のルールの中で生きてる。人を殺したら、それだけで人生が狂う」

ばさ、とコートが風を孕む。

「でも、俺なら殺れる。誰にもバレず、あんたの手を汚さず、確実に殺せる」

気だるげなのに凛とした瞳は、今夜の夜空のような色をしている。霧嶋は、止まっていた息を、は、と短く吸い直した。

「そんなことが……できるのか？」

「死神だからな」

ラスカは僅かに目を細めた。

「千晴さんと同じ目に遭わせてやろうか？　それとも家族を奪って、あんたと同じ苦しみを味わわせるか？」

以前聞いたラスカの言葉が、霧嶋の脳裏をよぎる。

――人間のあんたより遥かに上位の存在であることを、忘れるな。俺の持つ超人的な力は、その気になればあんたの人生を一瞬で脅かせる。

「死神だって人を殺せば罪になるけど、知ってのとおり、俺はすでに罪人だ。今更ひとつ罪が加わったところで、そんな変わらねえ。裁かれるとしても、せいぜいカラスにされるだけだし」

雑談のような軽やかさで、ラスカは言った。霧嶋はばくばくと脈打つ心臓を、右手で押さえる。

愛する妻を、幸せだった毎日を奪った男に、復讐できる。自分には、死神という武器がある。これを使えば、なんの罪にも問われずに相手から全てを奪える。

「どうする？　今決めなくてもいいし、都合のいい日に美味いもん食わせてくれるだけで手ぇ打ってやるけど」

ラスカの囁きが、霧嶋を惑わせる。うるさい心音が冷静な判断力を奪う。

「……取引はしないんじゃなかった？」

「別に。単なる気まぐれ」

この回答も、聞くのは二度目だ。

凍てつく冬の風が頬を突き刺す。霧嶋は、しばらく言葉をなくしていた。やがて彼は、前髪の隙間で見え隠れするラスカの瞳に向かって、回答を絞り出した。

屋上から課のデスクに戻った霧嶋は、帰りがけに声をかけた。

「さて、そろそろ帰りますね」

デスクには調書を作成する藤谷しかいない。藤谷は栄養ドリンク片手にパソコンから目を離さない。

「おう。差し入れどうもな。しっかり休めよ」

「藤谷係長も、あんまり無理しないでくださいね」

鞄を手に取って、霧嶋は藤谷に笑いかけた。

「藤谷係長」

「んー？」

「車ぶつけたの、自宅の車庫じゃなかったんですね」

途端に、キーボードに乗っていた藤谷の指が止まる。僅かな沈黙のあと、藤谷はくぴっと栄養ドリンクを飲んだ。

「……自宅の車庫だよ」

「またまた。冗談がお好きですね」

霧嶋がにっこりと目を細めると、藤谷は一瞬顔を上げ、すぐにパソコンのモニターに視線を戻した。

「この頃、本当に勘がいいなあ。どんどんかわいげがなくなっていく」

認めた、と、霧嶋は腹の中で呟いた。藤谷がカチャカチャとキーボードを叩く。

「証拠はあるのか？　あの日はあいにくの雨でなにもかも流れちまったと思うが」

「目撃者がいましたよ」

ただ、その目撃者は人間に関心が薄い死神だった。藤谷はモニターばかり眺め、霧嶋と目を合わせない。

「いたとしても、そいつは正式には名乗り出てこねえさ。証拠も証言もなければ、なにもなかったのと同じ。警察官なら知ってるだろ」

普段どおり、力の抜けた声色だった。霧嶋は黙って、そこに立っていた。なかなか帰らない霧嶋に、藤谷ははあ、とため息をつく。

「すまねえなあ。俺とお前は似てるところがあってな、俺は過去に、とある事件を捜査方針に背いて独自に追ってたんだ。そのときに逃した犯人が、あの日、久々に顔を出したからよ」

「なるほど、人をはねても、対応してる場合じゃなかったんですね」

霧嶋は感情を荒立てるでもなく、冷静に返した。

「それじゃあ仕方ないですね。犯人逮捕が警察官の職務ですから」

「お前さん、かわいげはないが、そのぶんバカでもないだろう。わかってくれるよな。刑事として悪人を捕まえることで、償っていく」

霧嶋の目を見ずに話す藤谷を、霧嶋はじっと見つめていた。

「そうですね。僕はあなたを刑事として尊敬していました。もういない人間よりも、未来ある人間の今後のほうが大事です。あなたから未来を奪ったところで、千晴さんが帰ってくるわけでもないですし。報復してやろうだなんて、幼稚なこと考えませんよ」

霧嶋はもう一度、にこりと笑った。

「お先に失礼します」

「おう。気をつけてな」

藤谷は栄養ドリンクを啜るだけで、調書から顔を上げなかった。


帰り道、霧嶋は資料で盗み見た久住の電話番号に連絡を入れた。

「もしもし久住さん、先程はありがとうございました！　で、ですね、ひとつ、僕の想像を聞いてほしくて、ご連絡させていただきました」

明るい声で電話する霧嶋を、ラスカは隣で見ていた。

「カラスの金時計……を含む、盗品について。ええ、もちろん誰にも話してませんよ。あなたと取引をしたいので」

心底機嫌のいい霧嶋は、死神から見ても不気味である。

「はい、はい！　では明日、横江さんの別荘でお会いしましょう」

約束を取り付けて、通話を切る。ますますご機嫌の霧嶋は、伸びをして、笑顔をラスカに向けた。

「よーし、やるぞ！　帰ったら激励会だ。お酒飲んじゃおう」

「酒？」

ラスカの声がやや弾む。霧嶋はかつてないほど明るく、ニコーッと笑った。

「ラスカも付き合ってね。あ、鳥だからお酒飲めない？」

「鳥じゃねえし」

楽しげな霧嶋と、妙に冷めたラスカ、温度差のあるふたりは、明日に向けて英気を養うのだった。

＊＊＊

翌日の午前中、霧嶋は横江の別荘を訪れた。先についていた久住が、朗らかな笑顔で出迎える。

「こんにちは。いい天気ですね」

「どうも。昨日の今日でお呼び立てして、すみません」

霧嶋もにこりと笑う。口角を上げる久住だが、目は笑っていなかった。

「霧嶋さん、鳥さん連れて帰ってくれなかったんですね？　大暴れして大変だったんですよ」

「はは、すみません。いつの間にか箱から出てしまったみたいで」

久住に招き入れられ、霧嶋は別荘の広間へやってきた。促されるままに、ソファに腰を下ろす。久住は数秒無言で霧嶋を眺め、やがて向かい合うソファに座った。

「取引をしたい、とおっしゃっていましたね」

「はい。実は、捜査に協力してほしいんです。今年の春の大雨の日、橋で起きた交通事故について」

「交通事故？」

「その事故の被害者は、僕の妻でして……」

霧嶋は、可能性に賭けていた。

藤谷は、横江のパスポートの写真を見てから、妙に霧嶋を事件から遠ざけていた。霧嶋が横江の事件を調べるのを、やけに拒絶していたのだ。さらに、千晴の事故の目撃者は正式には名乗り出てこないと、断言した。

「あなたか横江さん、どちらかが事故の目撃者なのではないか、と見ています」

藤谷は、この頃勘がいい霧嶋が、横江の行方を調べるうちに、千晴の死の真相に辿り着いてしまうのではないかと警戒したのだ。

「……へえ」

久住が機嫌よさげに目を細める。

「そうだったら、どうします？」

この言葉で、霧嶋の想像は確信に変わった。久住は、事故の瞬間にその場に居合わせたのだ。

「僕は妻の無念を晴らしたい。真実を明らかにしたいんです。そのためなら、なんでもします」

霧嶋は深く、息を抜いた。

「犯罪への加担も厭(いと)わない。証言台に立っていただけるのなら、僕はあなたの罪を、このまま揉み消します」

「わあ。刑事さんがそんなこと言っていいんですか?」

皮肉っぽく驚く久住に、霧嶋は笑顔を返す。

「刑事である前に、最愛の妻を亡くしたひとりの人間ですから」

暖房を効かせていない部屋は、凍っているかのように冷たい。返事をしない久住に、霧嶋はもう一度訴えかけた。

「久住さんは本当に運がいいです。盗品に気づいたのが、たまたま事故の被害者遺族だったんですよ? これ、僕以外の刑事だったら問答無用で捕まってましたよ」

室内なのに、息が白い。

「ふたりも殺してるんです。あなた、僕が協力しなければほぼ死刑確定です」

問答無用で連行せず、取引を持ちかける。久住は、霧嶋の発言は真実なのだろうと受け止めた。

「お気持ちお察しします。俺でよければ、ご協力します」

その回答を聞くなり、霧嶋は一層笑顔になり、手指を組んだ。

「ありがとうございます。でしたら、口裏を合わせるためにも、横江さんについての事実を確認させてください。昨日電話で話した僕の想像、当たっていました？」

「人が悪いな。霧嶋さんの呼び出しに応じてる時点で、答えは出てるでしょ」

久住は脚を組み、ため息をついた。

「ご承知のとおりですよ。俺が盗みを働き、横江が盗品の保管、売却係です。それなのにあの人は、もとの保管場所から盗品を全て持ち去って、俺の前から消えたんですよ」

共犯者だった久住と横江だったが、横江が裏切り、海外へ高飛びした。久住から逃げた横江は、何年かは、盗品を売り捌いて暮らした。

「あれから五年、俺は横江が日本に帰ってきて、生まれ故郷で暮らしているという情報を聞きつけました。そこで横江に接触して持ち去った分の金と、まだ手元にある盗品を要求しました」

「それで、この別荘の存在を聞かされたんですね」

「はい。だけれど横江は余程、俺に金を渡したくなかったんでしょうね。話しているうちに激昂して、警察に連絡を取ろうとしたんです」

強盗を犯した久住と、隠していただけの横江とでは、罪の重さが違う。横江は自分だけ早く刑務所を出て、再び金と盗品を持ち逃げしようと考えた。

霧嶋はふうんと鼻を鳴らした。

「それで、連絡される前に殺した、と？」

「わざとじゃないんですよ。止めようとして、立てかけてあったゴルフクラブで殴ったら、死んでしまいました」

ゴルフクラブで殴る時点で殺意があるくせに、久住は白々しく言った。

「あとになって、もしかしたら隠し倉庫でもあるのかな、その鍵は飲み込んで隠してるのかな、と思いまして。死体を窓から捨てて、外で腹の中身まで確認しましたが、宝のありかのヒントはありませんでした。別荘の鍵は貰いましたけど」

「遺体は今、どこに？」

「山に置いてきましたよ。血の匂いがするから、山の獣たちがおいしく食べてくれます」

淡々と話す久住に、霧嶋は眉を顰めた。この落ち着きぶりが、気味の悪さを助長させる。

「横江さんの自宅を燃やしたのは？」

「盗品が別荘にあるなんてそもそも嘘で、実は自宅にあるのかも、って思いましてね。自宅を調べたら、厄介なことに俺が盗犯をしたという証拠たる手記やら盗みに入った店の図面やらがわんさか出てきたんです」

「それで、一括して処分するために、燃やしたんですね」

遺体の身元をわからなくするために放火したのではない。そもそもの順番も、目的も違ったのだ。

「横江、殺しちゃいましたからね。うっかり警察に見つかりでもしたら、あの家に捜査が入ってしまいます。不審火も連発していたことですし、ちょうどいいかなと」

悪びれるどころか、当然だろうとでも言いたげな口調で、久住は話した。

「あとは霧嶋さんのご想像どおりです。出入りを見られたので、通行人もついでに処分しました。あんな時間に出歩いていた、間の悪いホームレスも悪いと思いません？」

霧嶋は、三秒怒りを堪え、落ち着いた声で聞いた。

「そんなに犯罪の証拠を隠したがるのに、よく自ら警察に別荘の家宅捜索なんてさせましたね」

「俺が名乗り出なくても、鍵屋を呼ぶなりしてどちらにせよ別荘に突入されるでしょう？別荘には俺のＤＮＡとか残ってるでしょうし、だったら自分から行ったほうが怪しまれないかなって。それに……」

久住はにっこりと相好を崩した。

「警察って、優秀でしょ？　俺が見つけられなかった盗品も、家宅捜索で見つけてくれるかな、って」

盗品が持ち主に返されたら、また盗み出せばいい。霧嶋は眉を寄せて唸った。

「火をつけた家同様に、別荘からも都合の悪い情報が出てくるかもしれないのに？」

「そのときはそのときですよ。少なくとも、俺が何日もかけてこの建物を調べても、そういったものは出てきませんでしたし」

久住はリスク承知で、あえて別荘を警察に見せた。しかし〝優秀な警察〟でも、件の骨董品を見つけ出せはしなかった。

「霧嶋さんの言うとおり、俺は本当に運がいい。家宅捜索でも見つけられなかった骨董品を霧嶋さんが見つけてくれて、その霧嶋さんは、俺と協力しようって言ってくれてるんですから」

獲物を見つけた蛇のような目で、久住は笑った。霧嶋はこくりと頷いて、ひとつまばたきをする。

「事情は概ねわかりました。では、条件どおり、大雨の日の事故の目撃者として、証言してくださいね」

「もちろんです」

久住は目を閉じて、今年の春の日を思い浮かべた。

「忘れもしませんよ。あの日、ずっと海外に飛んでいた横江が、一時的にこっちに戻ってきていたんです。横江を見つけた俺は、彼を追いかけてカーチェイスしていました」

「すごいですね。大雨の中でしょ？　スリリングですね」

「はい。後ろにいた車は思い切りスリップして、橋の歩道にいた歩行者に突っ込みました」

その日、久住は雨の中、猛スピードで横江を追いかけていた。独自捜査であとを追いかけていた車両も、同じく、スピードを出していたことだろう。

「その車の車種やナンバー、わかりますか？」

霧嶋が問いかけると、久住は小首を傾げた。

「黒のキャリオンクロー。ドライブレコーダーに記録されていたので、なにかに使えるかなと思って、データを保存しておきました。まさか今、役に立つとは」

「本当ですか！　よかった、これで妻を殺した犯人が確定します」

無邪気に両手を合わせる霧嶋に、久住はこくっと頷いた。

「それで、骨董品の場所は？」

「ああ、そうでしたね」

霧嶋は手を膝に下ろし、にべもなく言った。

「教えるわけないじゃないですか」

「は？」

久住が口を半開きにする。その反応を楽しむように、霧嶋は一層楽しげに語尾を弾ませた。

「強盗を働いて危険運転もして放火もして不法侵入もして、人をふたりも殺した相手と、仲良くしたいと思います？」

久住の顔から、貼り付けたような笑顔が消える。霧嶋はひょいと、コートのポケットから携帯を取り出した。

「言い忘れましたが、今の会話は全て、僕の携帯から外で待機している捜査員に流れています」

「は⁉　おい、話が違う！」

久住がソファから立ち上がった。

昨日の夜。ラスカから盗品発見の知らせを受けた霧嶋は、屋上から課のデスクに戻ったあと、課長に一報入れていた。久住に自供させ、音声を証拠とするこの作戦も、課長への相談の上で決行したものだ。別荘はすでに、警察に包囲されている。

久住が顔を青白くし、あからさまに取り乱す。

「ふざけるな。俺はお前の妻が死んだ、あの事故の目撃者だぞ。証言させなくていいのか⁉」

「構いませんよ。あなたが横江さんを殺したのなら、どのみちご自宅へ家宅捜索に伺います。僕は〝事故の確たる証拠〟が欲しかっただけ。ドライブレコーダーのデータ、回収させていただきますね」

「お前……！」

目の色を変える久住を眺め、霧嶋はにこりとほほ笑んだ。

「先日、友人からも言われました。『性格が悪い』と」

音声が漏れ出す、別荘の外。捜査員らは、緊張感を張り巡らせていた。

「黒のキャリオンクロー……」

「おい、今日、藤谷係長は？」

「有給だ」

ざわつく彼らと山の雪に囲まれ、別荘は静かに佇んでいた。

＊＊＊

この日の朝。藤谷久義は、仕事を休んで買い物に出かけた。自宅に帰った彼は、ひとり、妻と息子には書き置きを残す。

春の大雨の日、藤谷は偶然、強盗犯の車を発見した。それを追いかけるために飲酒運転に踏み切ったのは、犯人を逃したくない正義感の暴走だったと、自覚している。ペンを走らせながら、彼はバディだった青年を思い浮かべた。

「あいつ、変に立派になっちまったなあ」

笑っているのに据わった目をして、「あなたを刑事として尊敬していました」などと言うのだ。あの若くて素直な後輩は、自分が刑事として育てたと言っても過言ではない。その彼が久住から目撃証言を取ってくることくらい、想像に難くない。

だが藤谷には、警察官のプライドがあった。全てにおいてそれがいちばんだった。事故を起こした上に、酔いで判断力が鈍って自らの手で人を殺した、この真実が明るみに出るくらいなら、追っていた強盗犯をそのまま野放しにできる。

今回だってそうだ。横江が事件に巻き込まれ、捜査が久住に行き着けば、あの事故について蒸し返されるかもしれない。それを回避するためなら、別の犯人をでっち上げてうやむやにする。

自分が裁かれる事態だけは、絶対に認めない。

「立派になったが、詰めが甘い。久住を利用して俺を追い詰めた気になってるんだろうが、まあ、俺のほうがずっと汚い」

窓からはカラスの爪痕がついた愛車が見える。それを照らす昼間の明るい日差しは、逃げ出す彼を嘲笑っているようだった。

藤谷の手には買ってきたロープが握られている。輪を作ってもやい結びにし、自室の和室の鴨居にぶら下げる。下に椅子を運んでくれば、準備完了だ。

捕まるくらいなら、死んだほうがマシだ。自分を追い詰めた青年は罪の意識に苛まれるだろうが、それでいい。

と、突然、結んだロープが千切れて落ちた。

室内には風すらない。呆然とする藤谷が床にしゃがみ込む。ロープを拾って辺りを見回していると、今度は胸ぐらを摑まれ、体が上に引きずられた。

「逃げ切れると思ってんのか？」

一秒前まで誰もいなかった部屋の中に、黒髪の青年がいる。

「残念だったな、バーカ」

「な、何者だ……」

藤谷の声が掠れる。青年は、前髪の隙間から鋭い眼差しを覗かせた。

青年――ラスカは、昨夜の屋上での会話を胸に刻んでいた。

「あんたをぶっ殺しに来た。……と言いたいところだが、あの性格の悪い正義の味方が許さないんでな。仕方ねえから、命だけは助けてやる」

「死……!?」

「死神」


「……取引はしないんじゃなかった？」

夜風に吹かれて、霧嶋が消えそうな声を出す。ラスカははあ、と白い息を吐いた。

「別に。単なる気まぐれ」

殺してやってもいい。そう伝えたとき、霧嶋は目に迷いを滲ませた。彼自身の中にぐちゃぐちゃに織り交ぜられた怒りと悲しみと憎しみが、殺意へと集約されていく。

だが彼が出した結論は、ラスカの期待とは違った。

「あの人と同じことをしてしまったら、僕もあの人と変わらなくなってしまう。それはなんか、やだ」

余裕がなかった表情に、少し、落ち着きが戻る。

「警察官の仕事は事件の解決であって、裁くのは僕じゃない。だから僕は、証拠を探す」

「ふうん。煮えきらねえな。警察官の仕事はさておき、あんたは千晴さんを殺されて、その上今までなにごともなかったかのように接せられてたんだぞ。十分、復讐の権利があると思うけど」

「でも、それでラスカが人殺しになるのは、もっと嫌だ」

霧嶋は缶コーヒーを握りしめ、苦笑した。

「懲罰が追加されたら、二十四時間カラスになっちゃうんでしょ」

彼は確実な報復より、目の前の友人との日常を選んだ。

人畜無害の優男に見えて、実はかなり計算高く、油断していると足元を掬われる。それでいて、正義感の強さも優しさも、偽物ではない。霧嶋はそういう人だったと、ラスカは改めて認識した。

「つまんねえ。『自分自身の手で敵を討つ』くらい言えよ」

「ははは。本音を言えばそんなものじゃ済まないくらいブチギレてるよ。死さえ生ぬるく感じるくらい」

霧嶋は冷たくなった缶コーヒーを、ひと口飲んだ。ラスカはほう、と尋ねる。

「死より重い罰。たとえば？」

「そうだな……カラスにされるのは嫌かな。あ、でも死刑よりはマシか」

霧嶋はラスカをからかってから、虚空を見上げた。

「死ぬより耐え難いのは、自分の命よりも大切なものを奪われることじゃないかな。少なくとも僕は、千晴さんを喪って、そう思った」

ひとつまばたきをして、霧嶋はラスカと目を合わせる。

「そうだなあ。人の命を蔑ろにしてまで齧りついた、警察官のプライド。へし折ってやろうか」

「あんた、やっぱ性格が悪いな」

「ラスカが優しすぎるんだよ」

霧嶋はいたずらっぽく言って、缶コーヒーのプルタブに視線を落とした。

「ラスカがいてくれてよかった。僕ひとりだったら、受け止めきれなかった。信頼してた仕事の相棒がまさかこんな爆弾抱えてたなんて知ったら、人間不信になるよ」

力なく笑う霧嶋に、ラスカは呆れ顔で言う。

「あんたな。死神相手になに言ってんだ。俺は人間ですらねえんだぞ」

「関係ないよ。どっちにしろ君は、僕を欺けるほど器用じゃない。だから信頼してるんだ」

そう言って笑った霧嶋の表情は、ラスカの脳裏に焼き付いていた。


そして今。ラスカは、藤谷の胸ぐらを掴んでいる。

「俺があいつの立場だったら、迷わずあんたを殺してた。けど、当事者であるあいつが、殺すなっつうんだ。部外者の俺は、従うだけだ」

いつの間にか、藤谷は呼吸の仕方を忘れていた。どういうわけか、体が動かない。死神を名乗る男から、逃れられない。

「『いっそ殺してくれ』と願うほど、苦しんでもらう」

人間を遥かに凌駕する〝死神〟は、冷徹な視線で藤谷の動きを封じていた。

＊＊＊

後日、とある昼下がり。霧嶋は署の裏の公園にやってきた。今日はいつもより少し、暖かい。植木から鳥が飛び立つ。広がる翼の影を目で追い、名前を呼ぶ。

「ラスカ」

「なんだ」

返事は、背後からあった。振り向くと、青年の姿をしたラスカが立っている。

「あれ!? 昼なのにそっちの姿なの？」

朝から夕方まではカラスのはずが、そこにいるラスカは鳥ではない。ラスカはもともそと、コートの襟を引っ張った。

「白髪のじいさんの残留思念を回収して以来、カラスにならなくなった。どうも規定数に達したみたいだ。完全にもとの体に戻った」

外見だけでなく、制限されていた体の透過もできるようになった。刑期を終えたラスカは無表情で喜んでいるが、霧嶋は不服そうである。

「かわいくない」

「おい。お祝いするとか言ってたくせに、なんだその反応は」

ラスカの羽毛をつやつやにしたかった霧嶋は、夢半ばで計画を絶たれてしまった。

ラスカがコートのポケットに手を突っ込む。

「うまくいったようだな。久住に自白させるついでに、事故の言質まで取る作戦」

「いやあ、緊張した。事故を目撃してる確証はなかったから、危ない賭けだったよ。それにあの手のタイプって大体、頭の回転が速くて出し抜かれるじゃないか。久住さんが意外とバカで助かった」

肩の力が抜けた霧嶋は、素直にほっとしつつも毒を吐いた。ラスカは霧嶋の態度に気色ばんだ。

「余裕を装ってるだけで、内心かなり焦ってたのかもな」

「行動に理由づけしつつも、合理的じゃない部分は結構あったからね。そもそも横江さんに逃げられるくらいにはノロマなんだよな」

もうひと声毒を付け足してから、霧嶋は改めて、ラスカの外見に触れた。

「そうだ。昼もそっちの姿に戻ったんなら、紬ちゃんとの約束、守ってあげてね」

「ああ、けどなんかまた上界に呼ばれた。たぶん、あんたと喋ってたのがバレた」

「えっ、じゃあまた懲罰？」

霧嶋が目を丸くすると、ラスカは気まずそうに目線を逸らした。

「判例から推測するに、一日十八時間カラス。朝六時じゃなくて、深夜零時から夕方六時まで」

「カラス時間延びるじゃん」

呆れつつも少し嬉しそうな霧嶋に、ラスカも僅かに、頬を緩ませた。

「夕飯時だけでもこっちの体なら、まあいい」

「あらー、甘え上手になっちゃって」

白い空を鳥影が舞う。霧嶋は、昼の陽の光を受けたラスカを眺め、尋ねた。

「結局、ラスカが犯した罪って、なんだったの？」

直球で聞かれたラスカは、眉を寄せた。

「そういうことは、ずけずけ聞くもんじゃねえだろ」

「ごめん」

以前にも同じやりとりをした。だが今度は、ラスカはそのあとに目を伏せ、ぽつりと繋げた。

「死神には三つの掟がある。端的にいうと、ひとつ、人の命を弄ぶな。ふたつ、人間と関わるな。三つ、仕事の責任を放棄するな」

「そういえば、『死神だって人を殺せば罪になる』って言ってたね」

霧嶋が言うと、ラスカは少し沈黙し、再び口を開いた。

「俺が懲罰を食らったのは、死んだ人を生き返らせたから」

「……え？」

ざ、と、風が吹いた。霧嶋が目を見開く。

「生き返らせた……？」

「ひとつ目の掟の、『生命を冒瀆してはならない』。これは殺すことだけを意味してるんじゃない。〝命〟は個人の大切な財産であって、他の誰かが操作していいものじゃない。だから、死んだ人を生き返らせるのも、それは命への冒瀆に当たる」

「生き返らせるなんて、可能なのか？」

霧嶋が真顔で問う。ラスカは小さく俯いた。

「今年の春。川で死んでた女の残留思念を回収しようとして、俺は、途中で手を離した」

残留思念は、死神に触れられて初めて、死を受け入れられる。あの世へと歩きだせる。死神と離れてしまうと、一度受け入れた死を見失い、残留思念は行き場に迷ってしまう。だから死神は、残留思念が消えるまで、触れた体を決して手離してはいけない。

「残留思念は、死ぬ間際の気持ちの表れだから……受け入れた死を見失うと、そこにあった強い感情に引っ張られる。たいていの場合が、もとの体に返ってもう一度生きようとする」

死後の残留思念は、本来であればあの世という行き先だけの一方通行であるべきだ。だがその一本道で迷うと、引き返してしまう。

ラスカは下ろした手を握りしめ、声を絞り出す。

「俺は、あんたの奥さん……千晴さんの手を、離してしまった」

木の葉の揺れる音がする。霧嶋の脳裏に、安置室で再会した千晴が浮かんだ。確実に心臓が止まっているのに、一瞬だけ、目を開けた気がした、あの瞬間。

気のせいなんかではない。ラスカが手放した千晴の残留思念は、あの一瞬、たしかに、千晴の体に帰ってきていたのだ。

無言で立っている霧嶋を真っ直ぐ見据え、ラスカは続けた。

「体はもう機能が止まってたから、ほんの一瞬だけ魂が宿っても、再び動き出せるわけじゃない。残留思念はすぐにもとの場所に現れた。今度こそちゃんとあの世へ送って、終わりにした」

一度摑んだ手を離したこと。そして死の現実から迷子になった彼女を、生き返らせてしまったこと。それがラスカの背負った十字架だった。

掟を破っても、誰からも気づかれなければ裁かれない。だが千晴のあの世への道が二度も開いたのは、あの世においても大事件であり、すぐに気づかれた。きっかけを作ったフロウも道連れだ。ラスカは仕事の責任を負いきれなかった罰として透過能力を奪われ、命を冒瀆した罰として、体を半分、仮の姿に変えられた。

「ずっと黙ってた。あんたがあの人の写真見せてきたとき、気づいたのに」

ラスカは少し、声を詰まらせた。

「わかってたのに、知らないふりして、あんたのところに行ってた」

ラスカは、霧嶋から千晴の話を聞くたびに、胸を痛めていた。彼がどれほど千晴を大切に想っていたかを思い知るたびに、川に足を浸して立つ、寂しそうな顔の女性の残留思念が、頭に浮かんだ。

　霧嶋はラスカの瞳を眺めたあと、僅かに口角を上げた。

「そっか」

　そして、いつもどおりの柔らかな表情を取り戻す。

「ありがとう。川でひとりぼっちだった千晴さんを、安全なところへ送ってくれて」

　今日の陽気のような、その甘やかな言葉が、かえってラスカの胸を抉る。拳を握りしめるラスカに、霧嶋は問うた。

「千晴さん、どんな顔してた？」

　ラスカは言葉を呑んでから、素直に答える。

「最初は、寂しそうだった。けど、一回手離して、戻ってきたあとは、どこかほっとしてたというか……」

　ラスカの見た千晴は、どこか満ち足りた顔をしていた。それなのに、なにかを諦めているようにも見えた。川の水に足を浸して立つその姿は、凛としているのに弱々しくて、悲しそうなのに嬉しそうだった。

　霧嶋は、ふはっと笑った。

「僕に会いたかったんだろうな。一瞬だけでも僕と目が合って、満足したんだ」

　きっとそうだと、ラスカも思う。手を離してしまったのは、彼女の「会いたい」という感情が伝わってきて、苦しかったからだ。

霧嶋が優しげな声で言った。

「ありがとう、ラスカ。君のおかげで、僕は千晴さんの最期に笑いかけてもらえた」

「あのな。俺のせいで、千晴さんは二回も死んだんだぞ。ありがとうじゃないだろ」

「うん。でも千晴さんは、二度寝が好きだから」

機嫌よさげに歩きだし、霧嶋はいつものベンチに腰を下ろした。改めてラスカの顔を見上げ、少し驚いてから、また笑う。

「なんで君がそんな顔するんだよ。やっぱり君は、優しすぎるね」

木の葉の音がふたりの鼓膜を擽る。それはそばまで近づいてきている、春の足音のように聞こえた。

End

あとがき

カラスはとても頭のいい鳥のため、〝死〟の恐怖を理解できるそうです。別のカラスの死骸や、弱って死に近づいている仲間を見ると、恐怖するのです。そこから着想を得て浮かんだのが、死神のラスカでした。

ハシボソガラスを意味する『Carrion Crow』は、直訳すると『死肉を食べるカラス』。ですが実際には、ハシボソはどちらかというと木の実や穀物を好むそうです。そんなイメージと違う側面を持っているところも、ラスカに似ています。

〝ミステリーとしても楽しめるキャラ文芸〟を目指したこの作品、いかがでしたでしょうか。純粋な死神と捻くれた刑事、正反対故に嚙み合っている、そんなふたりを楽しんでいただけたなら幸いです。

それと、カラスの魅力を少しでも感じていただけたなら、とても嬉しいです。ゴミを荒らしたり農地を荒らしたりするので嫌われることも多いけれど、カラスは賢くて美しい鳥だと思います。もしも興味を持っていただけたのなら、ぜひカラスを観察してみてください。羽毛の美しい色、かわいらしい仕草はもちろん、街で見かけるハシボソとハシブトの違いを見比べるのも楽しいです。ハシボソとハシブト以外のカラスも面白いです。同じカラスの仲間でも、黒と白のツートンがかわいいコクマルガラス、夜空の星のような模様のホシガラス、他にも日本にはいないカラスなど、皆、個性的でかわいい鳥たちです。でも捕まえたり、むやみに餌を与えたりはしないであげてくださいね。また卵や雛を育てている時期のカラスはとても敏感なので、巣に近づかないでください。そっと見守ってあげてください。

この作品を描くに当たり、作中の至るところで、知人の警察官に取材協力していただきました。物騒な質問に丁寧な回答を受けるたび、警察官という仕事の過酷さを思い知ります。警察官の皆さん、そして取材に応じてくれた知人の警察官さん、いつもありがとうございます。

そして制作に携わってくださった関係者の皆様、読者様へ届けてくださる書店様、そしてそして最後までお付き合いくださった読者様へ、この場を借りて感謝の言葉を申し上げます。誠にありがとうございました。

植原翠

この物語はフィクションです。
実在の人物、団体等とは一切関係がありません。
本書は書き下ろしです。

植原翠先生へのファンレターの宛先

〒101-0003　東京都千代田区一ツ橋2-6-3　一ツ橋ビル2F
マイナビ出版　ファン文庫編集部
「植原翠先生」係

死神ラスカは謎を解く

2022年10月20日　初版第1刷発行

著　者　　植原翠
発行者　　滝口直樹
編　集　　山田香織（株式会社マイナビ出版）、須川奈津江
発行所　　株式会社マイナビ出版
〒101-0003　東京都千代田区一ツ橋2丁目6番3号　一ツ橋ビル2F
TEL 0480-38-6872（注文専用ダイヤル）
TEL 03-3556-2731（販売部）
TEL 03-3556-2735（編集部）
URL https://book.mynavi.jp/

イラスト　　煮たか
装　幀　　太田真央＋ベイブリッジ・スタジオ
フォーマット　ベイブリッジ・スタジオ
ＤＴＰ　　富宗治
校　正　　株式会社鷗来堂
印刷・製本　中央精版印刷株式会社

Fan
ファン文庫

手作り雑貨ゆうつづ堂
アイオライトの道標

著者／植原翠
イラスト／前田ミック

パワーストーンは羅針盤のように
進むべき道へ導いてくれる

一か月が経ったころ、前に勤めていた会社の先輩がやってきて……？　白水晶の精霊・フクと共に祖母の大事なお店を守っていくあたたかな物語。

Fan
ファン文庫

陰陽師学園
式神と因縁の交錯

著者／三萩せんや
イラスト／京一

陰陽師を育成する学校を舞台にした
学園ファンタジー第2弾！

灯里は退学がかかった適性試験に合格し、穏やかな学園生活が送れると思った矢先――ライバル登場!?